Driyasfabrik

* * * * * *

文學超圖解Ⅱ：10頁漫畫讀完經典文學作品

* * * * * *

Translating standard literary works
into about 10 pages

多力亞斯工場 著
常純敏 譯

遠足文化

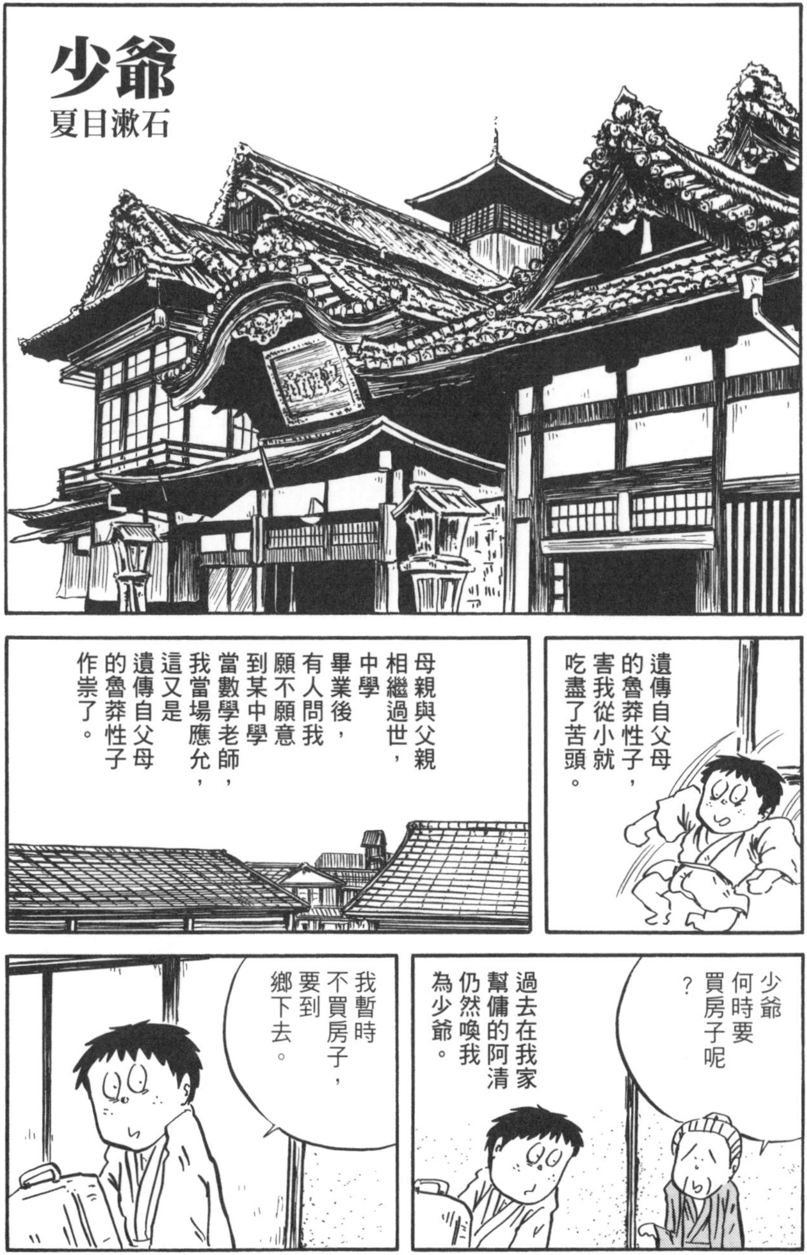
少爺
夏目漱石
遺傳自父母的魯莽性子，害我從小就吃盡了苦頭。
母親與父親相繼過世，中學畢業後，有人問我願不願意到某中學當數學老師，我當場應允，這又是遺傳自父母的魯莽性子作祟了。
少爺何時要買房子呢？
過去在我家幫傭的阿清仍然喚我為少爺。
我暫時不買房子，要到鄉下去。

那間中學在下了輪船還得搭約八公里火車的地方。
呃，你就賣力學習吧。
聘書
回東京時，這張聘書被我揉成一團扔進大海裡了。
聘書
教務主任
文學士
紅襯衫
英文教師
半熟瓜
與我同為數學老師的山嵐※
美術老師
陪酒郎
我給他們取了這些綽號。

※山嵐：柔道的投技之一。

我一邊講課，一邊想著自己真有資格當老師嗎……
等等，能不能給我解說這一題咧？
這不是幾何題嗎？
我下次再教你。
哇啊
不會解
不會解
混帳東西，我要是會解那種難題，何必為了區區四十元到這種鄉下地方。
很快地，學校也令我生厭了。
某天晚上，我在蕎麥麵店吃了四碗天婦羅麵。
天婦羅老師
哇啊
哈哈哈哈

我若是吃了糰子…
糰子
兩碟七錢
若在溫泉浴池裡游了泳…
浴池內
禁止
游泳
校內有學生宿舍，職員要輪流職班。
悉窣
悉窣
？
哇~
啪沙

你們為什麼把蚱蜢放進我的被窩裡？
蚱蜢是什麼？
不知道蚱蜢是什麼？這就是蚱蜢。
那個不是叫螞蚱嗎？
蚱蜢也好螞蚱也罷，我幾時拜託你們放進來了？
咱們又沒放，是要怎麼說明嘛。
既然你們不肯說，那我也懶得問了。
咚 咚
哇啊啊
哇啊啊
咚
還真是到了個鬼地方來。

你要不要去釣魚？
你們兩個人去就好了，又何必邀我呢？
景色真美。
絕妙好風光啊。
那塊岩石你看如何？如果擺放拉斐爾的聖母瑪利亞，定能畫出傑作。
你就別提瑪利亞的事啦。
呵呵呵呵
陪酒郎令我非常厭惡，紅襯衫則是聲音讓人不快。
遠山家的小姐，學校老師們都管她叫什麼瑪利亞、瑪利亞的呀。
我還以為是藝伎的名字。

那位瑪利亞小姐已經跟古賀老師家訂下婚約了。
哦，跟那個半熟瓜啊。
可是古賀老爺子去年過世後，結婚這事也一延再延，教務主任突然就說想娶那位小姐。
那個紅襯衫？真惡劣。
古賀老師的朋友堀田老師去找教務主任說教，從那次起聽說兩人就處不好囉。
山嵐和紅襯衫的關係也不好。
某天，半熟瓜被調任到日向的延岡，這一切多半是紅襯衫的詭計。
怎麼樣？要不要把紅襯衫和陪酒郎揍一頓？
這個嘛……
那傢伙三句不離品性什麼的，卻在背地裡跟藝伎勾勾搭搭，最好是來個人贓俱獲、當面譴責。
這時，紅襯衫的弟弟來邀我們去看慶祝勝戰的餘興表演。
結果中學生和師範學生打起架來，我和山嵐起初進去勸架，但最後也打成一團、被警方逮捕，甚至上了報。

把我們騙去打架，慫恿報社寫出那種報導……
連報社都是紅襯衫搞鬼……
時機終於來了，我決定執行那個計畫。
山嵐遞了辭呈，躲在溫泉小鎮枡屋旅館二樓，面對大街的客房監視紅襯衫。
第八天晚上
喂，人來啦。
乾脆闖進去來個活捉。
不，等他們出來。
嚇！

你這畜生！
啪嗒
哇，是雞蛋。
你身為教務主任，為何去角屋過夜？
你有我帶藝伎上旅館的證據嗎？
閉嘴！
砰咚
你們兩個都是壞人，咱們這是替天行道。
砰咚
砰咚
我不會逃也不會躲，今晚五點前都待在碼頭那間港屋。
想報警就儘管去吧。

我寫了辭呈郵寄給校長。
當晚，我和山嵐離開了這齷齪之地。
隨著船隻遠離岸邊，我感到越發愉快。
我和山嵐就此分道揚鑣，迄今尚未有機會重逢。
一抵達東京，阿清就淚如雨下地說：
噯，少爺你這麼快就回來，真是太好了。
後來經人介紹，我在街鐵※當技術員。
阿清辭世的前一天，央求我將她葬在我家寺廟，她會在墓裡等待我去跟她作伴。
阿清便葬在小日向的養源寺。

※街鐵：東京市街鐵路株式會社的簡稱。

—— Profile ——

夏目漱石

Soseki Natsume

1867年生於東京都。帝國大學文科大學（東京大學文學系）畢業後，於東京高等師範學校、松山中學等任教。1900年赴英留學。回國後，1905年發表首篇小說《我是貓》，隔年發表《少爺》、《草枕》。1907年進入朝日新聞社。婚後妻子屢屢歇斯底里發作，據說亦是導致夏目漱石罹患精神官能症的主因。1916年冬，《明暗》連載途中死於胃潰瘍，享年49歲。代表作品繁多，如：《我是貓》、《心》、《少爺》等。

夫婦善哉
織田作之助
種吉的天婦羅靠的是口味，評價相當好。但似乎也因此一直賠錢。
天婦羅
因為家裡實在太窮，女兒蝶子小學一畢業，就趕緊要她去別人家幫傭。
廉價化妝品批發商小開維康柳吉是她的熟客，有妻有子、三十一歲，相識才三個月，就已經是那種關係了。
我有件事想跟妳商量，要不要跟我私奔？

八月底，柳吉在東京收了帳，兩人就直奔熱海。過了兩天，中午時分…
轟隆——
地震啊。
地震啊。
號外
關東大地震
真是趟不得了的私奔。
就按照妳喜歡的去做吧。
他們在黑門市場巷子裡租下二樓的房間。蝶子靠著「雇女」這種臨時僱用的藝伎工作掙錢。
老婆子，零用錢不夠耶…
柳吉只要手上有個三塊錢，白天就去下將棋，晚上就到廉價咖啡酒吧。

我並不想接替他前妻的位子，我一心只願幫助維康成為一個頂天立地的成功男兒。
過了年、也過了正月十五的某天…
咦，我藏起來的存款簿不見了。
我回來囉。
你居然還記得要回家啊。
啪
老婆子，妳幹啥…
……
呼ー
呼ー
你這傻瓜。

柳吉回娘家的妻子因肺病而死。
忌中
既然有了入贅的妹婿，我這長子身分就確定要被廢除。
可是我該拿的豈能不拿呢，所以要請妳配合演戲，假裝我們分手了。
咱倆就用那筆錢白頭偕老好嗎？
……
蝶子，妳被他騙了。
絕不能說妳要跟他分手呀。
笨哪，妳一句話就把一切搞砸了。
雖然沒能從父親那裡拿到錢，不過把跟妹妹要來的三百元和妳的存款加起來，就用這些做點生意吧。

飛田大門前通有間小小的關東煮店正在出售，兩人便頂下來。可沒多久柳吉就膩了，便改賣水果，但他們漸漸瞭解到這門生意也不好做。
蝶柳
在擔心柳吉再度對生意厭倦以前，他就病了。
柳吉到湯崎溫泉療養身體。
他應該是每天釣魚，過著寂寞的生活吧。
哇哈哈哈哈
鏗鏗
鏘鏘
蝶子與柳吉一起回到大阪，這次決定經營咖啡酒吧。
サロン 蝶柳
不到半年就聲名鵲起，蝶子的老闆娘架勢也做熟了。

喀嘟
哎呀，歡迎光臨。
無視
爺爺的病情惡化了，請你馬上來。
妳就留在家裡吧，現在一起去不太好。
趁你父親還有一口氣，拜託他成全我們吧。我可以立刻趕去的。
呉服
請趕製兩人份的禮裝和服。
第四天傍晚
叮鈴鈴鈴鈴

喂～
啊，老婆子，老爸他剛死了。
那麼我馬上過去，我們的禮裝和服也做好了。
妳最好別來了，來的話情況不妙。
妹、妹婿他…
老闆娘，今晚要吃壽喜燒嗎？
啊！
咻—

這是戰略呀，是為了讓入贅的妹婿以為我跟妳已經分手，才好向他要遺產嘛！
怎麼樣我們去吃點好吃的吧？
兩人前往法善寺境內的「夫婦善哉」…
めおとぜんざい
你知道這裡的善哉※為什麼要各給兩碗嗎？
比起裝一大碗，分成兩碗分量看起來比較多吧？
意思就是比起一個人，夫婦兩人比較好是吧。
蝶子明顯發福，就連座墊都快被屁股遮住了。

※善哉：日式紅豆湯圓。

—— Profile ——

織田作之助

Sakunosuke Oda

1913年生於大阪府的外賣店長男。1931年進入京都大學教養學院的前身——第三高等學校就讀（其後退學）。受到司湯達的影響，由劇作家轉為小說家。1938年因處女作〈雨〉而受到注目，隔年與宮田一枝結婚。原本在報社工作，〈夫婦善哉〉發表後展開職業作家生活。擅長〈俗氣〉、〈賽馬〉這類短篇小說。對出生地大阪甚為關注，在諸多作品中描寫大阪庶民生活。被暱稱為「織田作」，1947年死於結核病，享年33歲。代表作有〈夫婦善哉〉、《青春的悖論》。

武藏野
國木田獨步
「武藏野的風貌，
如今僅能在
入間郡略窺一二。」
我曾在一張
文政年間的地圖上
看過這段記述。
無論如何，
只能透過
圖畫與歌謠
來想像的武藏野，
縱是殘餘風貌，
相信仍有許多人
想要瞧一瞧。
因此現在將我
從秋季至冬季
的所見所感
記錄下來，
期能完成
一小部分心願。

從明治二十九年
（一八九六）
的初秋開始、
直至隔年初春，
我一直住在
澀谷村的一間
小茅屋。
九月七日——
「當日光自
雲隙流瀉
林間樹影
剎時閃耀……」
這就是如今
武藏野的
初秋景致。
若能在
這樣的日子
眺望武藏野，
是何其美好
之事呢。
十月十九日——
「月色皎潔
樹影漆黑」
十一月四日
「秋高氣爽，
獨立夕日下
涼風拂過原野
遠方的富士山
若近在眼前，
那夜色就落在
環繞國境的
群山地平線之上」
三十年一月十三日——
「夜已深
風死寂，
樹林無聲息
大雪下不停，
啊啊，武藏野
沉默不語」
三月二十一日——
「深夜十一點
聆聽屋外風聲，
忽而遠、忽而近，
春來襲、冬遁跡」

昔日的武藏野以那原野上無邊無際的絕美芒草景致聞名於世，如今的武藏野則是一片森林。
我終於懂得欣賞這落葉林之美，是多虧了屠格涅夫的〈邂逅〉開頭那細膩的風景描寫技巧。
武藏野的森林倘若不是橡樹而是松樹一類，將變得極度平凡、欠缺四季變化，也就沒這麼值得珍視了吧。
鳥兒的振翅聲、鳴叫聲；風兒沙沙作響悲鳴、呼嘯、怒吼。
馬蹄踢亂落葉的聲音，是騎兵演習的偵查兵嗎？
高地隨處可見凹陷的山谷，這些谷底大半是水田，旱田主要在高地上。
這裡有大自然、這裡有人文生活，跟北海道那種原始天然的大原野和大森林大相徑庭，景致亦獨樹一幟。

在武藏野散步的人，不可以視迷路為苦。
武藏野的美，須在那縱橫交錯的數千條道路上信步而行，始能獲得。
北海道的原野自不待言，奈須野亦不得見。
森林與原野夾雜如斯，生活與自然這般緊密相連者，又有何處可比呢？
假使你出於某種需要而想問路，就去問田裡的農夫吧。
按對方教你的路前進，可能突然走到農家院子前面，但你不可因此大驚小怪。
朝農家門外走出去一看，原來如此，是條近路啊。你不禁會心一笑。
回程亦然決定一個大略方向後，選一條陌生的路信步而行為佳，如此一來有時將得以一窺落日美景。

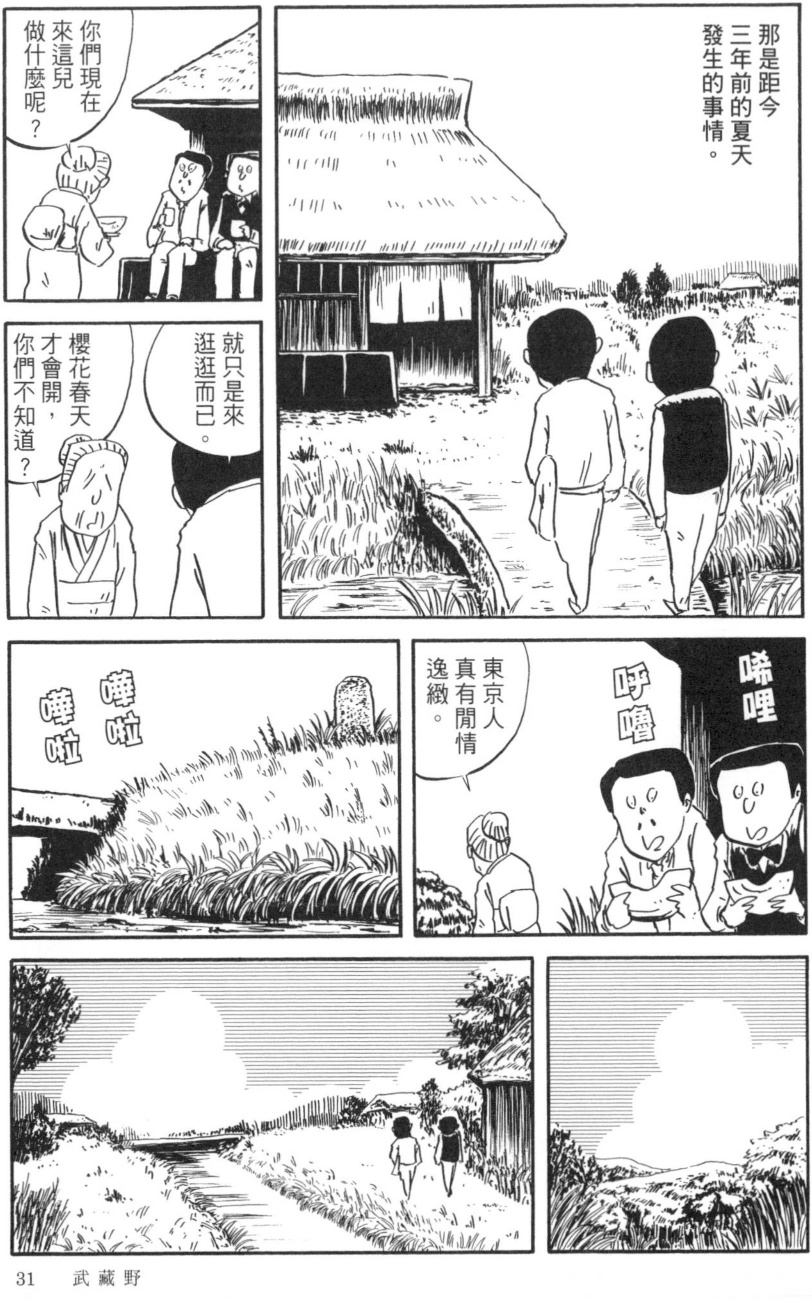
那是距今三年前的夏天發生的事情。
你們現在來這兒做什麼呢？
就只是來逛逛而已。
櫻花春天才會開，你們不知道？
唏哩
呼嚕
東京人真有閒情逸緻。
嘩啦
嘩啦

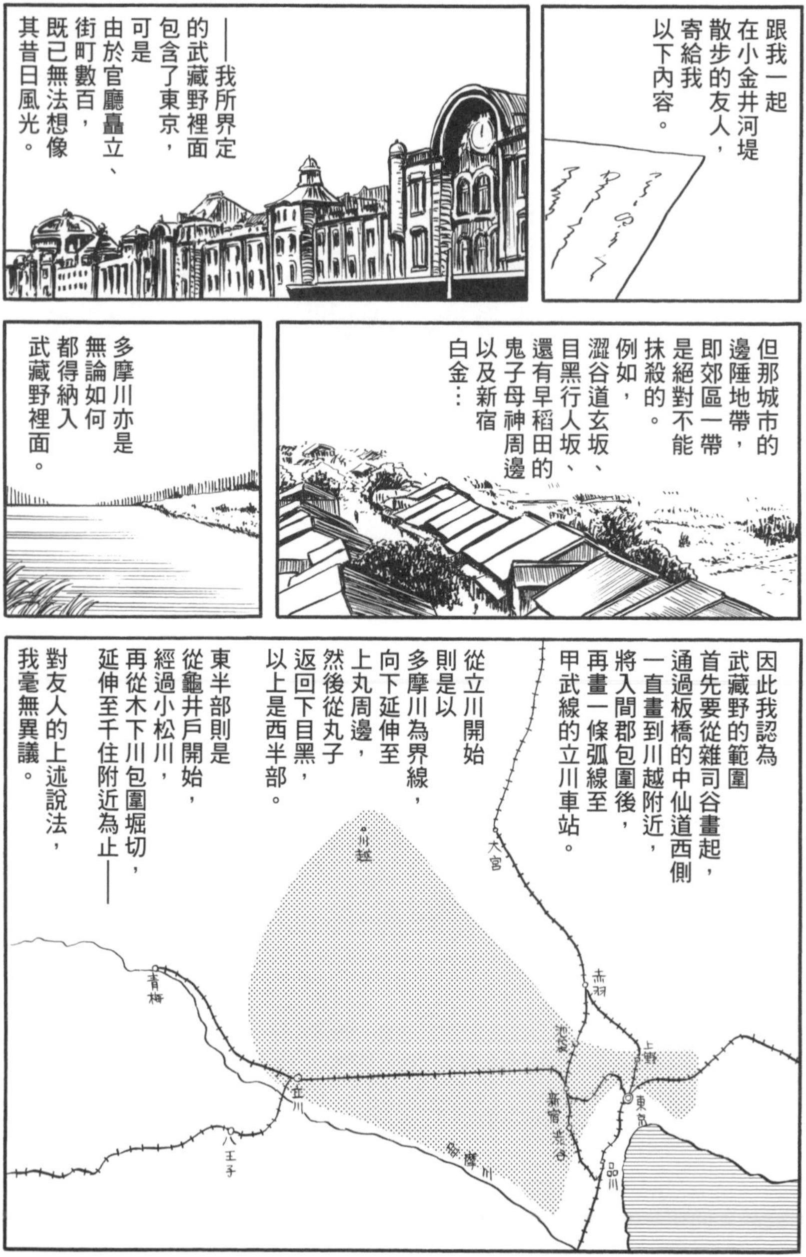
跟我一起
在小金井河堤
散步的友人，
寄給我
以下內容。
——我所界定
的武藏野裡面
包含了東京，
可是
由於官廳轟立、
街町數百，
既已無法想像
其昔日風光。
但那城市的
邊陲地帶，
即郊區一帶
是絕對不能
抹殺的。
例如，
澀谷道玄坂、
目黑行人坂、
還有早稻田的
鬼子母神周邊
以及新宿
白金……
多摩川亦是
無論如何
都得納入
武藏野裡面。
因此我認為
武藏野的範圍
首先要從雜司谷畫起，
通過板橋的中仙道西側
一直畫到川越附近，
將入間郡包圍後，
再畫一條弧線至
甲武線的立川車站。
從立川開始
則是以
多摩川為界線，
向下延伸至
上丸周邊，
然後從丸子
返回下目黑，
以上是西半部。
東半部則是
從龜井戶開始，
經過小松川，
再從木下川包圍堀切，
延伸至千住附近為止——
對友人的上述說法，
我毫無異議。
大宮
川越
赤羽
青梅
池袋
上野
立川
新宿
東京
八王子
多摩川
品川

我想再繼續探尋武藏野的水流情況。
小金井的河流進入新宿後連至四谷上水道，另有從井頭池善福池等神田上水道者流經目黑一帶注入品海者；亦有流經澀谷，再流入金杉境內者。
除了多摩川，武藏野的河流均是一片混濁，初時令我感到十分不快，然而一旦習慣後，竟也覺得這有些混濁的河水，才能襯托出平原景色。
四、五年前的夏天晚上八點左右，我與友人走過神田上水道上游的一座橋。
哇哈哈哈哈
嘻嘻哈哈
哈哈哈
嘰嘰喳喳

東京市街的邊陲、郊外的森林田地，為何這種地方能夠喚起我們的感觸呢？
換言之，這類郊區景象或許能夠讓人萌生一種彷彿是在看社會縮影的感覺吧。
藥
才想哪有人家在夕陽下山後馬上睡覺休息的，結果就有店家直到半夜兩點依然燈火通明。
理髮店的後頭是一戶農家，那牛叫聲連馬路上都聽得見。
哞
夏季晝長夜短，天很快就亮了，手推車已在馬路上通行。
到了九點、十點，蟬在看得見來往行人的高高枝頭上鳴叫，氣溫逐漸上升。
即使如此，還是能夠微微聽見十二點的報時砲響，以及彼方都市天空隱約傳來的汽笛聲。

—— Profile ——

國木田獨步

Doppo Kunikida

1871年生於千葉縣銚子，成長於廣島縣廣島市和山口縣。有孤島生、鏡面生、鐵斧生等許多筆名。1891年自東京專門學校（現為早稻田大學）輟學。1895年結婚，但隔年妻子失蹤，協議離婚，該始末被有島武郎寫成小說《一個女人》。與田山花袋、柳田國男等人結交，1897年發表〈獨步吟〉。原本同時寫詩和小說，後來漸漸專注於小說創作。國木田是《婦人畫報》雜誌的創刊者，在編輯上亦獲好評。1908年死於肺結核，享年36歲。代表作有〈武藏野〉、〈牛肉與馬鈴薯〉。

芥川龍之介
地獄變
堀川王爺的眾多逸文軼事中，最駭人的莫過於如今珍藏於王府的地獄變屏風之由來。
說到當代畫師，良秀堪稱是無出其右的一代巨匠。
良秀人品極其卑劣，更有那毒舌之人替他取了個猿秀的外號。

良秀的獨生女即將滿十五歲，在王府裡當丫鬟，這女孩與生父截然不同，甚是惹人疼愛。
良秀、良秀。
吱ーー
啊。
吱吱ーー
妳幹嘛護著牠，那猴子可是偷橘賊呢。
因為就像家父受責打，實在無法袖手旁觀。
良秀的女兒是個體貼、孝順的女孩，而良秀對女兒的寵愛也絕對是有過之而無不及。
你想要什麼賞賜，儘管開口。
那麼，請大人開恩，將小女還給鄙人。
哼
那可不行。

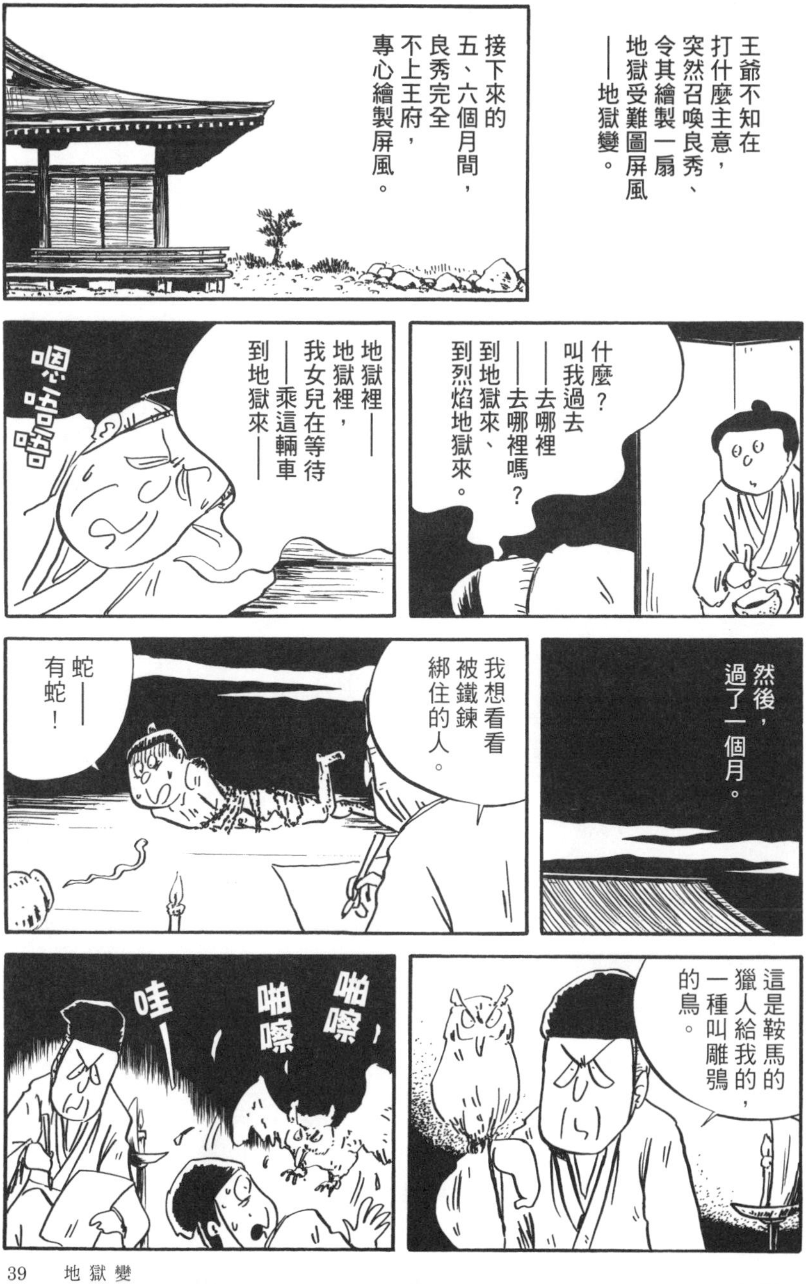
王爺不知在打什麼主意，突然召喚良秀、令其繪製一扇地獄受難圖屏風——地獄變。
接下來的五、六個月間，良秀完全不上王府，專心繪製屏風。
什麼？叫我過去——去哪裡——去哪裡嗎？到地獄來、到烈焰地獄來。
地獄裡——地獄裡，我女兒在等待——乘這輛車到地獄來——
嗯唔唔
然後，過了一個月。
我想看看被鐵鍊綁住的人。
蛇——有蛇！
這是鞍馬的獵人給我的，一種叫雕鴞的鳥。
啪嚓，
啪嚓，
哇！

某天夜裡，我獨自通過走廊時…
吱 吱
咦，這不是小猴良秀嗎？
吱吱—
吱吱—
這模樣不太對勁哪。
嘎啦
毋須說明，那女子就是良秀的女兒。
是誰？
妳這就回房去吧。
彎腰行禮

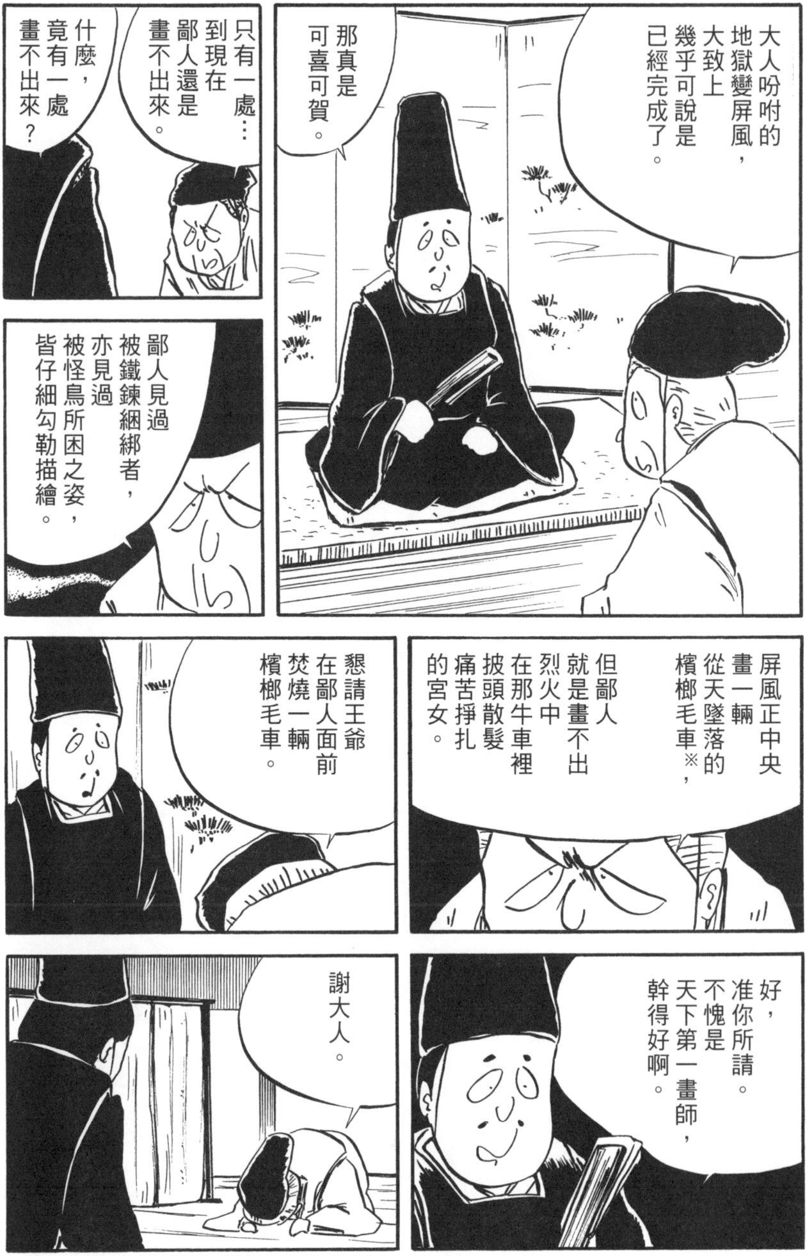
大人吩咐的地獄變屏風，大致上幾乎可說是已經完成了。
那真是可喜可賀。
只有一處……到現在鄙人還是畫不出來。
什麼，竟有一處畫不出來？
鄙人見過被鐵鍊綑綁者，亦見過被怪鳥所困之姿，皆仔細勾勒描繪。
屏風正中央畫一輛從天墜落的檳榔毛車※，但鄙人就是畫不出烈火中在那牛車裡披頭散髮痛苦掙扎的宮女。
懇請王爺在鄙人面前焚燒一輛檳榔毛車。
好，准你所請。不愧是天下第一畫師，幹得好啊。
謝大人。

※檳榔毛車：將晒乾的檳榔葉撕成細條，覆於頂棚的牛車。

接著，過了兩三天的一個夜晚。
王爺把良秀召到京城外的別墅。
良秀，今晚就如你所願，放火燒車給你看。
那裡面綁著一名犯了罪的婢女。
來人哪，讓良秀看看裡面的女子。

放火。
劈哩啪啦
轟隆
轟
熊熊大火
窸窣窸窣
啪
轟
咻咚
吱吱
劈啪劈啪

在那之後
過了約一個月，
良秀完成了
地獄變屏風，
恭恭敬敬地
呈給王爺欣賞。
太厲害了。
從此，再無一人敢說良秀的壞話。
可是，完成屏風的隔天夜晚，良秀就在房裡懸梁自盡。
遺骸至今仍然埋在良秀生前故居。
其後歷經數十年的風雨曝晒，早已長滿青苔，分不清是誰的墳墓了。

—— Profile ——

芥川龍之介

Ryunosuke Akutagawa

1892年生於東京都。1913年進入東京帝國大學文科大學英文系就讀，在學期間撰寫〈鼻子〉。在夏日漱石的鼓勵下，成為職業小說家。尤擅短篇小說，留下大量名作。1927年服毒自殺，對社會造成衝擊，享年35歲。以討厭洗澡聞名。盟友菊池寬於其死後設立「芥川龍之介獎」。代表作有〈羅生門〉、〈鼻子〉、〈蜘蛛絲〉、〈杜子春〉。與菊池寬共譯《愛麗絲夢遊仙境》。

契訶夫
櫻桃園
我們從這邊過去吧。
真是令人懷念的兒童房啊。
拉涅夫斯卡雅（女地主）
還是從前的老樣子呢，媽媽。
阿妮雅（她的女兒）
我的小心肝回來啦。
瓦里雅（她的養女）
巴黎那裡好冷呢。

媽媽的房間來了許多法國人，有男有女，房裡滿是菸味好不舒服……
別說了。
媽媽連芒通※的別墅都賣掉了，我也是窮得連一個戈比※都沒有了。
到了八月這片莊園也要被拍賣了……
哎呀，這該如何是好。
喀嚓
羅帕辛（商人）
哖哖哖
什麼呀。
砰咚
那個人是愛著妳的。
夫人回來了！
菲爾斯（老僕人）
加耶夫（拉涅夫斯卡雅的哥哥）
可是那個人工作很忙，對我不理不睬的呢……

※芒通：法國南部地中海沿岸城鎮。
※戈比：俄國貨幣單元，等於百分之一盧布。

現在就是死，我也可以瞑目了。
謝謝你，菲爾斯。
如您所知，府上的櫻桃園因為抵押借款八月二十二日將被拍賣。
不過，我有一個解決方法。只要將這塊地劃分後以別墅出租，每年就有兩萬五千盧布的收入。
無稽之談。
但是這麼一來，勢必得把這些老房子和櫻桃園全部拆除…
你說什麼。
以前的人還把櫻桃晒乾之後，做成蜜餞或果醬哪。
你閉嘴，菲爾斯。
別擔心，我們找朋友還有妳外姑婆商量商量，這座莊園絕不出售。
舅舅。

這塊地是否要改建別墅，請給我一個答案。
鐵路建好之後，這裡也方便多啦。
我今天又去餐廳浪費錢了。
你們聽我說，只要改建別墅錢要多少就有多少，那你們就有救了。
改建多俗氣啊。
我真是個罪孽深重的女子，嫁給了一個什麼都不會、只會欠債的男人。他喝酒喝死了之後，我又愛上別人……
那個人在巴黎把我壓榨一空，然後遺棄了我與其他女子同居……
那是我們這裡著名的猶太樂團。
真想請他們來開一場夜間舞會呢。
你也該結婚了吧。我們家的瓦里雅是個好女孩呢。

那孩子愛著你，你不也是嗎……
是沒錯……
八月二十二月櫻桃園就要被拍賣了，請好好想一想吧。
你說得真好。
俄羅斯既遼闊又美麗，到處都有美好的地方。妳必須斬斷過去才行。
我要離開那個家。
妳把家裡的鑰匙丟進井裡，便能得到自由。
特羅菲墨夫（大學生）
月亮出來了。
那就是幸福。

加耶夫怎麼這麼慢，是在城裡幹什麼哪。
肯定是拍賣沒有舉行吧。
舅舅會買到手的，為了阿妮雅。
喲，羅帕辛夫人。
什麼呀，永遠的大學生。
生什麼氣呢，瓦里雅。妳就嫁給羅帕辛不是很好嗎？
那個人忙著工作，才沒空理我呢。
你別逗她了，她心裡已經夠苦的了。
掉落
有東西掉了呢。
這是天天從巴黎傳來的電報啦，央求我回去的。
不可以，那男人是個混蛋！

拍賣怎麼樣了？
賣掉了。
是誰買了？
是我。
癱軟
噹啷
是我買了！櫻桃園是我的了！我買下了父親和祖父從前都在此當農奴的莊園，我要砍光園裡的櫻桃樹全部蓋成別墅！
嗚嗚……
為什麼您不肯聽我的話呢？
媽媽，櫻桃園被賣掉了，但妳別哭，我們再去蓋一座新花園。
我們走吧，媽媽。

我差不多該離開了。
我必須去哈爾科夫。
我先送他們到城裡，然後我要去莫斯科。
你大學到底唸了幾年啦。
嘎轟
嘎轟
媽媽請求你，在她離開前先不要砍花園裡的樹木。
你也未免太沒分寸了。
這些人也真是的。
阿妮雅，妳的雙眼閃閃發亮呢。
對呀，因為就要展開新生活了嘛。
我要用功唸書，然後去工作，讓媽媽過好日子。

羅帕辛，我一直想把那孩子嫁給你，為什麼你們兩個老是迴避對方呢？
老實說我自己也不明白，……要是還有時間，我現在馬上把事情解決。
好極了，那我們先避一避。
妳今後打算去哪兒？
我要去拉古林家當女管家。
我馬上要前往哈爾科夫…
……
……
羅帕辛先生
我馬上就去。
砰咚
嗚嗚嗚…

各位該走囉。
永別了我的家！永別了舊生活！
啊啊，我可愛的、親切的、美麗的櫻桃園……永別了！
喀嚓
喀噠喀噠喀噠
喀嚓喀嚓
他們把我給忘啦。
沒關係，我就在這坐一會兒……
嘎轟—嘎轟—

—— Profile ——

安東·契訶夫

Anton Chekhov

1860年生於俄羅斯帝國。1879年進入莫斯科大學醫學院就讀。為了生活，契訶夫替雜誌撰寫短篇幽默小說，並將之集結成處女作集，自費出版。1887年首次撰寫正式長篇戲劇《伊凡諾夫》。一邊以醫師身分援助因飢荒、霍亂而窮困的人們，同時於1895年撰寫長篇戲劇《海鷗》，成為知名劇作家。溺愛妹妹，長期單身，但於1901年與《三姊妹》的首演女演員結婚。1904年死於結核病，享年44歲。作品有《櫻桃園》、《海鷗》、《三姊妹》等大量戲劇及小說。

紅葉山人足下僕幼嗜読稗史小説当時行於世者京伝三馬
一九及曲亭柳亭春水数輩雖有文辞之巧麗搆思之妙絶多
是舐古人之糟粕拾兎園之残簡聊以加己意焉耳独曲亭柳
亭二子較之余子学問該博熟慣典故所謂換骨奪胎頗有可
観者如八犬弓張侠客伝及田舎源氏諸国物語類是也然在
当時読此等書者不過閭巷少年畧識文字間有渉猟史伝者
識見浅薄不足以判其巧拙良否焉而文学之士斥為鄙猥為
害風紊俗禁子弟不得縦読其風習可以見矣年二十一二稍
読水滸西遊金瓶三国紅楼諸書兼及我源語竹取宇津保俊
蔭等書乃知稗史小説亦文学之一途不必止游戯也而所最
喜在水滸金瓶紅楼及源語能尽人情之隠微世態之曲折用
筆周到渾思巧緻而源氏之能描性情文雅而思深金瓶之能
写人品筆密而心細蓋千古無比也近時小説大行少好文辞
者莫不争先攘臂其間然率不過陋巷之談鄙夫之事至大手
筆如金瓶源氏等者寥乎無聞何也僕及読足下所著諸書所
謂細心邃思者知不使古人専美於上矣多情多恨金色夜叉
類殆与金瓶源語相似僕反覆熟読不能置也惜範囲狭而事
跡
才矣盍借一大
幻
足下之一大著
述快読之是一生之願也足下以何如
金色夜叉
尾崎紅葉
間貫一十年來一直寄居在鳴澤家，因為他已無依無靠。
母親在他幼年時撒手塵寰，父親還來不及目睹他初中畢業，便已與世長辭。
你今年終於也要高中畢業啦。
是的，承蒙您照顧。真不知如何答謝才好
既然如此，我有件事想拜託你，不知你肯不肯聽。

也沒別的事，就是我想把阿宮嫁出去。
明明已經跟你約定好了，說來實在抱歉，但希望你讓阿宮嫁給別人。
這絕對不是要與你斷絕關係，這個家的財產都是屬於你的，你要是盡往壞處想，那就不好啦。
這麼說…伯父的意思是不想把阿宮嫁給我了嗎？
您說要把阿宮嫁出去，是準備嫁給什麼人呢？
這件事也還沒完全談妥。
下谷有一間富山銀行，他家的公子說想娶阿宮。
這我聽過，是個了不起的大財主。
那麼，阿宮也知道這件事了嗎？
多少知道一些。
你就爽快答應了吧，喏，貫一。

熱海的溫度比東京高十餘度，這天正月終於過半，梅林的二千棵樹紛紛在枝頭綻放。
不曉得爹是不是已經跟貫一說了。
我不想再跟貫一見面了，既然要嫁，就直接嫁去算了。
原來你們在這兒啊。
富山先生。
住旅館也不方便，很沒意思吧，我打算明年在這蓋一間別墅呢。

伯母，我來了。
沒想到你特地到這兒來，學校呢？
因為今天下午還有明後兩天都停課了。
我們現在要回旅館去了……
原來如此，真不巧，那我也不去散步了。
請你原諒我。
阿宮，妳把我騙得好苦啊。

妳是個淫婦，這就像通姦一樣。
竟然說得這麼難聽，貫一，你太過分、太過分了。
阿宮，我們倆能這樣聚在一起，也只剩今晚了。
妳好好記住吧，我是一生都忘不了今晚這月色的，豈能忘記呢？我就算死了也忘不了的！
唉，要是我嫁過去，貫一你要怎麼辦呢。
我剛說的話妳一點也沒聽進去吧。狼心狗肺的女人！
踢開
學問什麼的我都不管了，我貫一決定只要活著一天，就要變成惡魔，吃盡妳這種畜牲的肉。
啊啊啊，貫一！

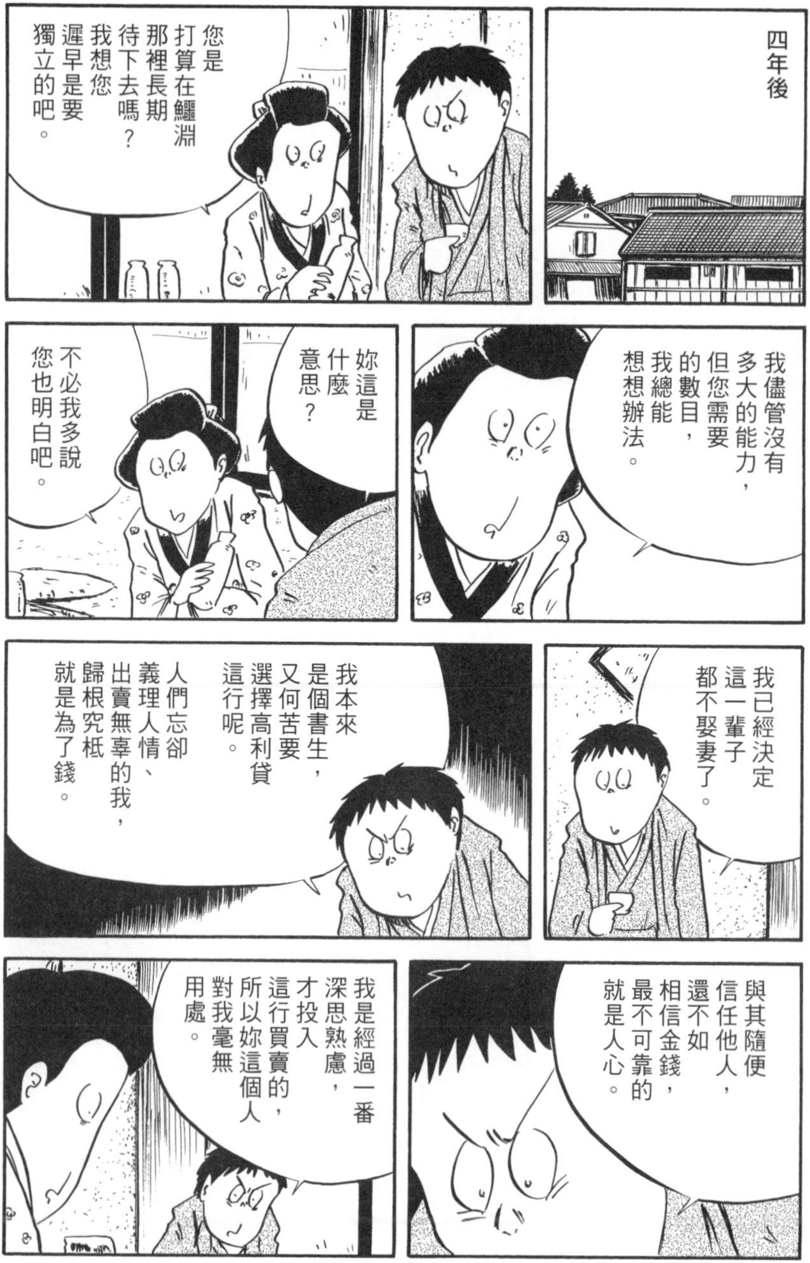
四年後
您是打算在鱷淵那裡長期待下去嗎？我想您遲早是要獨立的吧。
我儘管沒有多大的能力，但您需要的數目，我總能想想辦法。
妳這是什麼意思？
不必我多說您也明白吧。
我已經決定這一輩子都不娶妻了。
我本來是個書生，又何苦要選擇高利貸這行呢。
人們忘卻義理人情、出賣無辜的我，歸根究柢就是為了錢。
與其隨便信任他人，還不如相信金錢，最不可靠的就是人心。
我是經過一番深思熟慮，才投入這行買賣的，所以妳這個人對我毫無用處。

哇，多麼美的風景呀！
這位貴婦正是富山宮子。
在那裡的先生是什麼人啊。
那是番町鱷淵家的伙計，好像姓間。

您的臉色很不好呢。
逼近
逼近
搶劫嗎？我與你們無冤無仇哪！

砰
踹
踹
閃人吧。
第三天各報都刊載了高利貸業者在坂町遇襲的消息，報導說傷者隔天就住進了大學第二醫院。
數天前起，有一個不知來自何方的老嫗，總在每晚入夜時分造訪鱷淵家。
那是遭鱷淵設計，淪為債務人的母親。
劈哩
劈哩
啪啦
啪啦
轟
嘰咿咿咿咿咿咿

間先生嗎？
您回來啦。
所有東西都燒光了嗎？
除了保險箱以外，其他全都燒光了。
房子燒毀了、倉庫崩塌了，這都無所謂。一想到眾人肯定為此高興，而我死了父母卻不是所有人都覺得可悲呢。
直到不久前你還是個有父母的人，在我看來不知有多麼羨慕。
你就不能成為一個正正當當的人嗎？
希望你一定要代替家父悔改。

—Profile—

尾崎紅葉

Koyo Ozaki

1868年生於江戶商人之家。帝國大學（現為東大）國文系中輟。1885年與石橋思案、山田美妙等人組成硯友社，創辦文學雜誌《我樂多文庫》。尾崎精通英文，常翻譯歐美小說，納入自己的創作。20多歲時即有泉鏡花、德田秋聲等眾多弟子。大學在學期間便任職於讀賣新聞社，1897年於該報連載《金色夜叉》。以日俄戰爭後的社會為背景之愛情故事符合時代潮流，成為超人氣作品。因為體弱多病，長期連載成禍，1903年死於胃癌，享年35歲。代表作有《金色夜叉》、《沉香枕》、〈兩個妻子〉。

不如歸
德富蘆花
海軍少尉川島武男男爵這次憑媒說合，與陸軍中將片岡毅子爵的長女浪子剛於上個月圓滿完婚，他取得短暫休假四、五天前來到伊香保。
我出遠洋航海時，也見過非常美的風景，但這高山的景致又有一番風味，令人覺得心情舒暢。
我真想永遠待在這裡！

武男君。
喲！是千千岩君，你為何來此？
此人是武男的表哥，名叫千千岩安彥。儘管只是參謀本部的一個小官，但以精明幹練聞名。
我突然出現嚇了你一跳吧，其實是昨天有事在高崎過夜，就順便來玩玩。
哎呀，糟糕，我把手杖忘了，我這就跑回去拿來。
浪子小姐。
什麼事？
男爵在錢這方面還是不錯的呢，恭喜恭喜。
嘿嘿嘿
嘿嘿
你在說什麼，真沒禮貌。
阿浪怎麼啦？妳臉色很不好呢。

千千岩安彥是個孤兒，
父親於維新時期戰死，
母親因霍亂病死。
他被父親的妹妹收養，
也就是川島武男的母親，
但姑丈卻視他為累贅，
千千岩因此嫉妒武男、
懷恨姑丈。
他找門路進入
參謀本部核心，
又認為人要發達
就得靠裙帶關係，
於是看準了
片岡陸軍中將的長女浪子，
斗膽寫了一封情書給她。
可是她竟然在我出差期間，跟我表弟川島武男連婚禮都舉行了！
武男這可惡的傢伙——
從伊香保回來沒多久，武男就出海遠航了。
武男的母親名叫阿慶，今年五十三歲，舊疾風溼加劇發作，火氣也大。
在洋風繼母鍛鍊下的浪子，如今又被老派婆婆磨練。
老公你快點回來吧。
二月初突然感冒的浪子病情日漸惡化，到了三月初已確診是初期肺結核。

婆婆也感到害怕，在醫師建議下，將浪子送到娘家相州逗子——片岡家的別墅。
真是個好天氣，連伊豆都近在眼前呢。
我得了這種病，媽媽想必也覺得討厭吧。
我會好嗎？
妳別亂說，會好的、一定會好的。
啊啊啊，人為何會死呢？我想活下去！我想要活千千萬萬年！要死就一起死！我倆一起死好嗎？
妳要是死了，我絕不獨活！
病也好、死也好，直到未來的未來之後，我都是你的妻子！

浪子這場肺疾，給了我報仇的大好機會。
這病好花錢，至今都兩、三個月了，還是毫無起色。真教人頭疼哪，阿安。
唉，真傷腦筋哩。武男君好不容易娶了個美嬌娘，姑媽您也終於了結一樁心事，想不到變成這樣。
武男君要是有個三長兩短，那川島家就真絕後了。
就是呀。
武男前去參加艦隊演習後，母親自作主張休了浪子，將她送回片岡家。
出口
改
媽媽，您殺了阿浪，同時也殺了我武男，我再也不想見到您了。
朝鮮問題緊繃，日本終於決定向清朝開戰，武男也勇往直前，隨艦隊向西而去。

明治二十七年，
（一八九四）
九月十六日下午五點。
日軍聯合艦隊
完成作戰準備，
駛出大同江口、
朝西北方前進。
搜索敵軍艦隊，
準備與其一決雌雄。
九月十七日
上午十一點
找到了！
敵軍中堅
定遠和鎮遠
兩艦率先
向前駛來。
好，開火！
砰砰
砰
砰轟
砰咚
大快人心！
定遠
起火啦！

開火！
砰咚
可惜啊！
同事陣亡、下屬炮手倖存者極少，但武男不可思議地保住了一命，被送到佐世保的海軍醫院。
有你的包裹。
都沒有信嗎？
窸窣
窸窣
除了她，還能是誰呢？

九月初，浪子再度到逗子的別墅養病。
十一月中，浪子收到一封蓋有佐世保郵戳的信件。
颼
嗶啦
嗶啦
十一月二十二日，第二軍攻下旅順。
從參謀本部被調到第一師團某聯隊的千千岩，於攻擊椅子山炮台時戰死。
新年到來，明治二十八年攻下威海衛，殲滅北洋艦隊。四月中旬，締結和平條約的捷報傳遍各地。
戰勝
少爺啊，您幾時回來的？
兩、三天前回來的。
少奶奶——呃，小姐——這裡的病人好像跟老爺一起去京都了。
去京都？
那她的病好了吧？

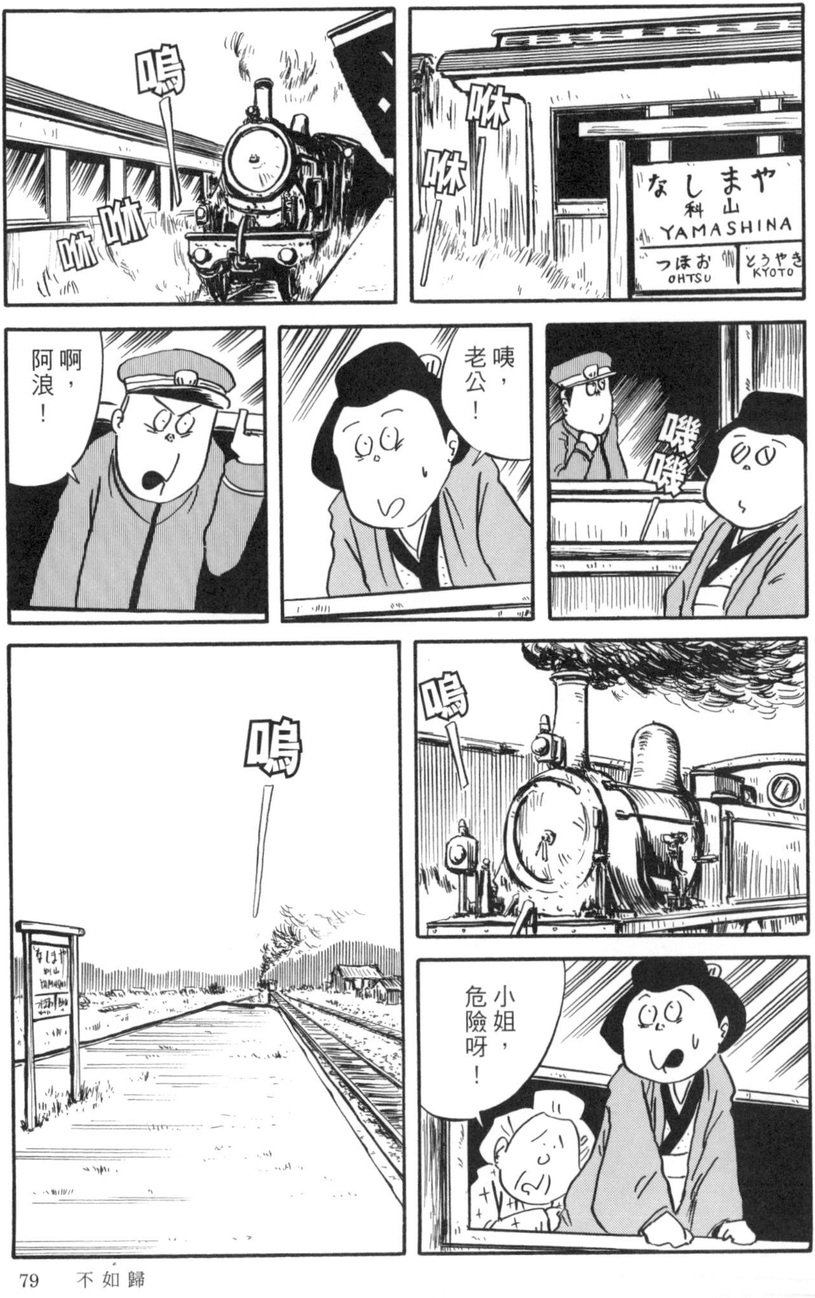
咻
咻
なしまや
科山
YAMASHINA
つほお
OHTSU
とうやき
KYOTO
嗚—
咻
咻
噗噗
咦，老公！
啊，阿浪！
嗚—
嗚—
小姐，危險呀！

七月七日傍晚，浪子永眠。
在她第四指上閃閃發亮的，是前年春天新婚時武男所贈之物。
三天後，浪子被葬在青山墓地。
遭中將自玄關退回的鮮花上，擺著「川島家」的牌子。
川島家
唉，阿浪，妳為什麼死了呢！
爸爸，是川島哥哥。
武男，我也很難受啊！

—— Profile ——

德富蘆花

Roka Tokutomi

1868年生於熊本縣。受到基督教的影響，傾心於托爾斯泰。因為與新島襄的姪女相戀，而自同志社英學校（現為同志社大學）中輟。其兄德富蘇峰創辦《國民之友》、《國民新聞》，蘆花則進入哥哥的民友社擔任翻譯等職。1898年以《不如歸》奠定其作家地位，但又因1902年在《黑潮》中對政界的批判而與哥哥決裂。赴耶路撒冷朝聖、造訪托爾斯泰後，於東京郊外過著半農生活，晚年孤立於文壇外。1927年與哥哥和解，但因心絞痛過世，享年58歲。代表作有《不如歸》、《蚯蚓的囈語》。

蟹工船
小林多喜二
蟹工船博光丸上聚集了各式各樣的人，有函館貧民窟的孩子；有從秋田、青森、岩手飄泊至此者；有到哪都難以謀生的「浪人」；以及只要有酒喝做什麼都無所謂的人。
我們在堪察加半島的漁業具有其他國家無可比擬的優越地位，為了日本帝國的偉大使命，我們要豁出性命衝破北海的驚濤駭浪。
進入宗谷海峽時，這艘近三千噸的船猶如止不住打嗝般地晃動不已。

嘩啦—！
嗚哇—
你們的一、兩條命算啥，要是被捲走一艘山崎船呀，那才真要命！
工作結束後，大家依序鑽進「糞壺」裡。
船長，大事不妙，有S.O.S！
是秩父丸，原本跟本船一起航行。
嘰—嘰—嘰—
那真是糟糕啊。
是誰下令說要繞道的？
喂，到底這是誰的船！這可是公司花錢租的船，你有膽去救那艘破船看看，鐵定浪費掉一週，開什麼玩笑。
船沉了！……
……
咿呀
蟹工船是「工船」（工廠船），非「航船」，因此不適用於航海法，但亦不適用於工廠法。

兔子在跳啦，——兔子！
嘩啦嘩啦嘩啦
咚轟
那是堪察加的「陣風」前兆。
轟隆隆隆隆
嘰咿咿咿咿咿
颼颼
淺川那傢伙，聽說早就接到××丸傳來的「陣風」警報。

他把人命當成什麼了啊！
淺川根本就沒把你們當人看啦。

一艘船浸水，另一艘則與漁夫一起失去蹤跡，但三天後突然(!)安然無恙地歸來。

他們因為遭遇「強烈暴風雨」船隻沒多久就失去控制，隔天一早被沖上了堪察加半島岸上。
然後附近的俄國人救了他們。
其中夾雜了一名中國人。
你們是窮人。
所以你們是無產階級，——懂嗎？
嗯。
俄國沒有不工作的人、沒有狡猾的人沒有勒別人脖子的人，——懂嗎？
懂，真的懂！
日本都是工作的人，好國家是無產階級的國家！——懂嗎？
你們回船上，你們的船、無產階級。這樣、拚了！
咻
咻
哇—
耶
耶
船老大認為這就是「赤化」。

聽了其他船隻的無線電通訊，監工得知自己這艘船的漁獲量大幅落後，也慌了起來。
監工開始發放「獎品」給優勝組，
還貼出公告說要對工作量最少的人處以「烙印」。
洗澡起初是兩天一次，但一個星期後就減為三天一次，約一個月後再減為一個星期一次，最後終於變成一個月兩次。
漁夫們由於日復一日的工作過度，早上漸漸起不來了。
一個濃雲密布的寧靜下午，驅逐艦來了。
好臭啊。
哇哈哈哈哈
鏗鏗
鏘鏘
到底是來幹啥的啊？
那些咱們既沒吃過又沒看過的西餐，一道又一道地進了接待室。

一直臥病在床的腳氣病漁夫過世了。
大家決定替他「守靈」，
而監工終究沒來。
我無法以念經告慰山田的亡靈，但我們可以向殺害山田的人報仇，以此告慰山田。
沒錯。
對方連同船長那些算在內也不到十人，可咱們卻有近四百人，只要四百人團結起來，一切都在咱們掌握中。
不幹了，不幹了！
罷工啦！
說來挺諷刺，這就像是特地找來一群未經組織的、無可救藥的「酒鬼」勞工，然後教他們如何團結。

各位，此刻終於到來！咱們長期以來一直在等待，不過它終於來了。
嘿嘿
玩真的啊。
砰咚
混帳，裝什麼蒜！
咦！
驅逐艦來了。
是我帝國軍艦，會站在咱們國民這邊吧。
帝國軍艦，萬歲！
咚咚
咚咚

亮晃晃
活該！
跟咱們站在同一邊的，就只有咱們自己啊。
什麼帝國軍艦，講得好聽，還不是有錢人的爪牙。
罷工慘敗後，工作變得更加艱苦，彷彿在說「畜牲，知道厲害了吧」。
嗯，再幹一場！
關於後續情況，在此補充一二：
第二次的徹底「怠工」非常成功。
聽說進行「怠工」或罷工的船隻，並非只有博光丸而已。
此外，因為在捕漁期惹出這種不體面的事件，公司將那條忠犬炒了魷魚。
（比漁夫們更慘！）
老子至今都被畜牲給騙了！
據說監工這麼大喊。

—Profile—

小林多喜二

Takiji Kobayashi

1903年生於秋田縣某佃戶的次男。1921年一邊住進工廠打工，一邊在小樽高等商業學校 （現為小樽商科大學）就讀。在學期間以〈上了年紀的體操老師〉出道。畢業後，任職於北海道拓殖銀行。同年，替因父親欠債而被賣入酒家的女友田口多紀贖身。1929年發表《蟹工船》，被警方視為問題人物。1931年參加非法的日本共產黨。歷經逮捕、起訴、保釋，1933年遭拷打死亡，享年29歲。代表作有《蟹工船》、《一九二八年三月十五日》、《黨生活者》。

※編注：本作為日本動畫《龍龍與忠狗》之原作。

法蘭德斯之犬
薇達

尼洛和帕特拉修，兩個都是寂寞的孤兒。

帕特拉修被凶狠殘暴的五金商人役使，殘存一口氣時，尼洛的爺爺將牠帶回家照顧。

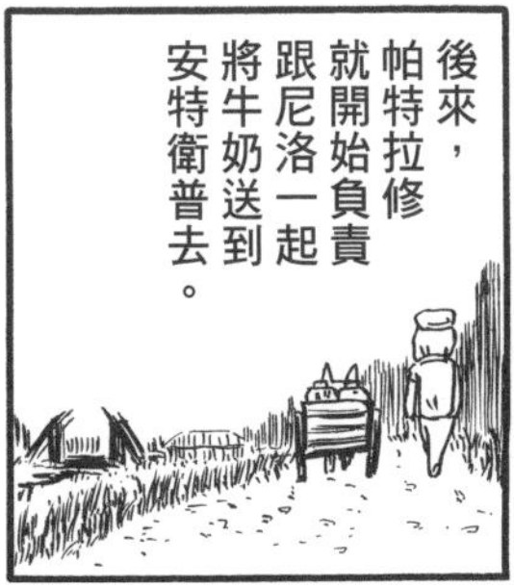
後來，帕特拉修就開始負責跟尼洛一起將牛奶送到安特衛普去。

尼洛和帕特拉修就這麼過了幾年的幸福生活。
安特衛普是大畫家魯本斯的出生地，也是著名的藝術之都。
城市中央的古老教堂裡掛著他的〈基督升架〉、〈基督降架〉兩幅名畫。
可是，尼洛經常一個人跑到安特衛普的某個地方。
我很窮、付不出錢，所以沒辦法看這幅畫。
唉，如果能看一眼，我就是死了也甘願。

尼洛除了帕特拉修，還有一個名叫愛露娃的女性朋友。
喂，這是什麼？
啊，柯傑茲老爺。
唔，你畫得挺好的嘛。
這雖然是無聊的嗜好，但我就買下這幅畫吧。
不，不用錢，這幅畫送您。
如果收下銀幣，我就能看那幅畫了，但我不能這麼做。
別讓愛露娃跟那種窮人小孩在一起玩。
愛露娃生日當晚，村裡的小朋友都被邀請到她家，唯獨尼洛沒被邀請。

我們家很窮，讓你受委屈啦。
不，爺爺，我跟有錢人是一樣的。
只要這幅畫獲得安特衛普評審員的青睞，我就可以拿到獎金了。
某天晚上，風車磨坊失火燒毀了倉庫。
他肯定是因為愛露娃而懷恨老爺，所以縱了火。
議論紛紛
只要我的那幅畫得了獎，村民們應該就會改變想法的⋯⋯

聖誕節的一個星期前，尼洛的爺爺過世了。
現在就剩我們兩個相依為命了。
喪禮用掉了所有錢，我連房租都付不出來了。
我們去安特衛普吧，繪畫比賽的結果快出來了。
得獎的是史提芬·基斯林格的作品。
天哪，一切都完了……
汪 汪
怎麼了，帕特拉修？

這不是柯傑茲老爺的錢包嗎？裡面還有兩千法郎呢。
哎呀，謝謝你送還給我們。
是這隻狗找到的，請你們無論如何都別讓牠挨餓。
喂，尼洛。
唉，我對那孩子實在是太殘忍了。
那麼，爸爸，我可以邀請尼洛來家裡過聖誕節嗎？

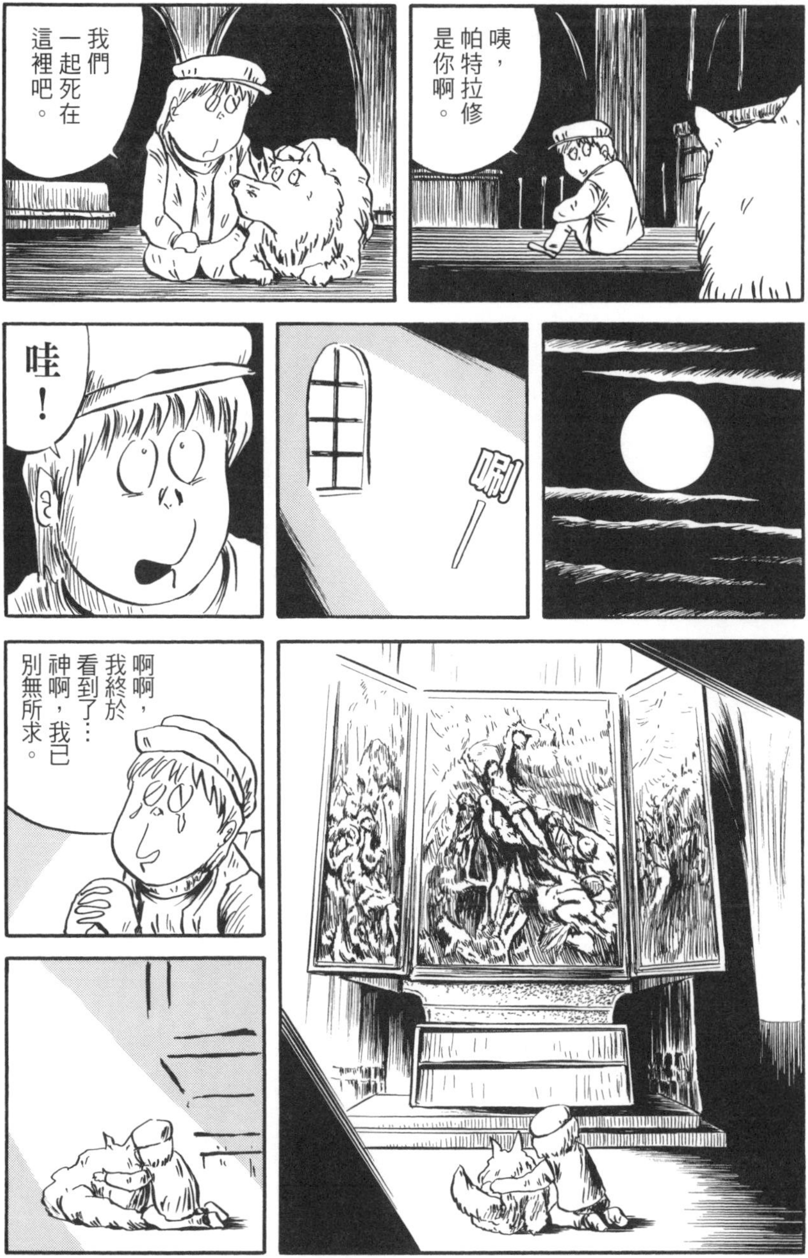
咦，帕特拉修是你啊。
我們一起死在這裡吧。
唰—
哇！
啊啊，我終於看到了…神啊，我已別無所求。

天亮後安特衛普的居民發現時，他們早已成了冰冷的屍體。
唉，我對這孩子太殘酷了，他理應是我的女婿啊…
老實說，這孩子的畫應該得獎的。
他一定能夠成為優秀的畫家吧。
尼洛，你到我家來嘛，跟帕特拉修一起來。
嗚
嗚
他們活在世上時所渴求的那些事物，在業已用不上的如今人們才終於給了他們。
後悔萬分的村民將擁抱而死的尼洛和帕特拉修合葬在一座墳墓裡。

—— Profile ——

薇達

Ouida

1839年生於英國。本名是瑪莉．露易絲．德．拉．拉梅。1863年以《被囚之身》出道。情路坎坷，但作家事業十分成功，在社交界過著光鮮亮麗的生活。非常愛狗，致力成立動物保護協會。不在乎金錢，60歲後半過著如同遊民般的生活，但仍飼養大量狗兒。1908年死於肺炎，享年69歲。1872年發表的《法蘭德斯之犬》在該作舞台──比利時的評價並不高。代表作有《法蘭德斯之犬》、《銀色基督》。

鵝媽媽
佚名
年紀一大把的鵝媽媽要出門散步時，就坐在鵝背上在空中飛翔。
住在森林裡的鵝媽媽吩咐兒子傑克上市場，結果買了母鵝回家。
沒想到那隻鵝竟會下純金蛋，
傑克到市場去賣蛋，被壞商人盯上。
鵝媽媽趕去現場救了鵝，就這麼騎鵝飛向月亮。

誰殺了知更鳥？

誰殺了知更鳥？
麻雀說是我，
用我的弓和箭殺了知更鳥。
誰看見牠死去？
蒼蠅說是我，
用我的小眼睛看見牠死去。
誰取走牠的血？
魚說是我，
用我的小碟子取走牠的血。
誰給牠做壽衣？
甲蟲說我來，
用我的針和線給牠做壽衣。
誰為牠掘墳墓？
貓頭鷹說我來，
用我的鎬和鏟給牠掘墳墓。
誰要來當牧師？
烏鴉說我來，
用我的聖經我來當牧師。
誰要來當執事？
雲雀說我來，
若不在暗處我來當執事。

誰要來持火炬？
紅雀說
我來，
我立刻取來
由我持火炬。
誰要來當喪主？
鴿子說
我來，
為吾愛哀悼
我來當喪主。
誰要來抬棺？
鳶說
我來，
若不通宵達旦
我來抬棺。
誰要來蓋棺罩？
鳩鶲說
我們來，
我們夫婦倆
來蓋棺罩。
誰要來唱聖詩？
畫眉說
我來，
停在樹梢上
我來唱聖詩。
誰要來敲喪鐘？
公牛說
我來，
我能拉鐘、
我來敲喪鐘。
天空中
所有鳥兒
都在嘆息
啜泣，
當牠們聽見
喪鐘為了
那可憐的
知更鳥響起。

倫敦鐵橋

倫敦鐵橋
垮下來，
垮下來，
垮下來
倫敦鐵橋垮下來，
我美麗的姑娘。
用木頭和泥土
建造它，
木頭和泥土
木頭和泥土
木頭和泥土
會被水沖走，
我美麗的姑娘。
用磚塊和水泥
建造它，
磚塊和水泥
磚塊和水泥
磚塊和水泥會倒下，
我美麗的姑娘。
用鐵和鋼建造它，
鐵和鋼
鐵和鋼
鐵和鋼會彎曲，
我美麗的姑娘。
用金和銀建造它，
金和銀
金和銀
金和銀會被偷，
我美麗的姑娘。
找個人來顧整晚，
顧整晚
顧整晚
結果那人睡著了，
我美麗的姑娘。
給他一管菸
抽整晚，
抽整晚
抽整晚
給他一管菸
抽整晚，
我美麗的姑娘。

所羅門·格蘭迪

所羅門·格蘭迪
星期一落地，
星期二受洗，
星期三娶妻，
星期四染疾，
星期五病急，
星期六逝去，
星期日葬禮，
所羅門·格蘭迪
一生就此完畢。

男孩是什麼做成的

男孩是
什麼做成的？
青蛙、
蝸牛、
小狗尾巴，
是這些東西
做成的喲。
女孩是
什麼做成的？
糖、
香料、
許多好東西，
是這些東西
做成的哩。

矮胖子

矮胖子，
坐牆頭。
矮胖子，
栽了一個
大跟斗。
國王呀，
齊兵馬，
破鏡難圓
沒辦法。

紅心女王

紅心女王
在某個夏日裡
做了水果餡餅。
紅心騎士
偷走水果餡餅，
偷了個精光。
紅心國王
逮住紅心騎士，
將他痛打一頓。
紅心騎士
歸還水果餡餅，
發誓再也不敢了。

我媽媽殺了我

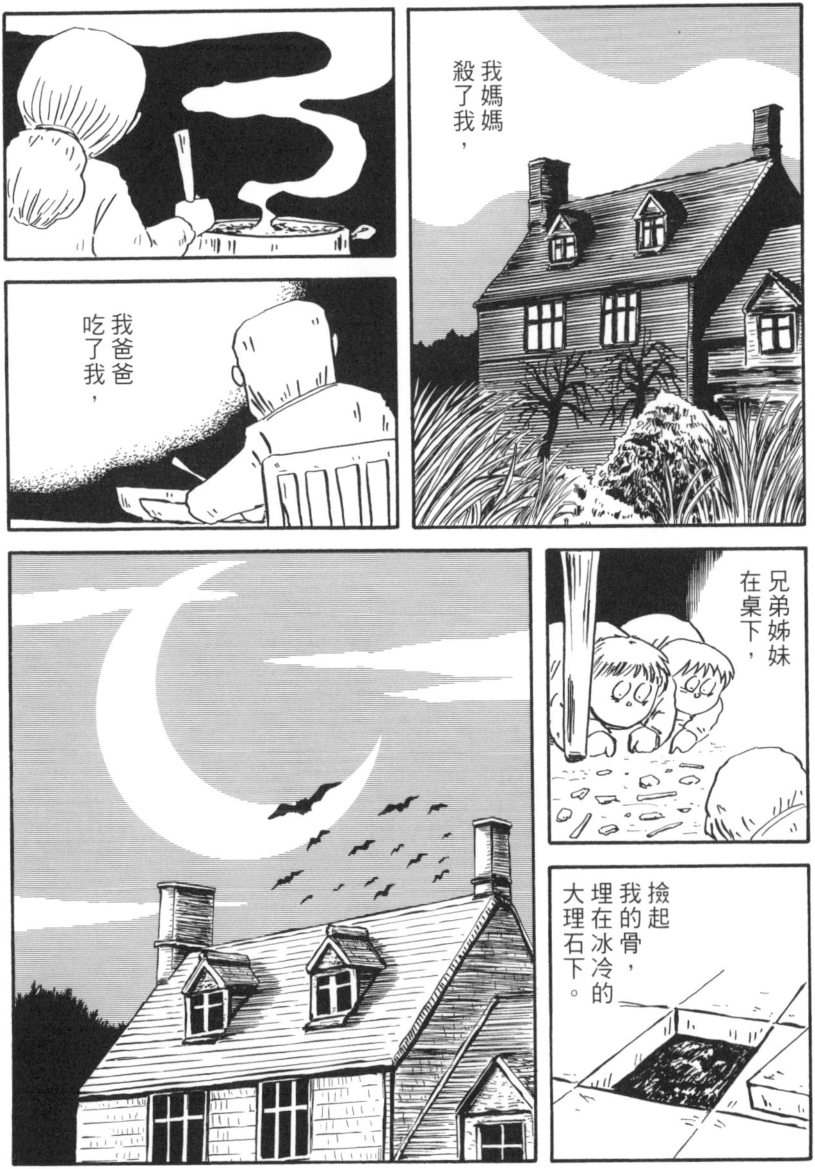
我媽媽殺了我，
我爸爸吃了我，
兄弟姊妹在桌下，
撿起我的骨，埋在冰冷的大理石下。

斯卡伯勒市集

你要去
斯卡伯勒市集嗎？
香芹、鼠尾草
迷迭香和百里香，
請代我問候
住在那裡的某人，
她曾是
我的戀人。
叫她為我
做一件麻布衫，
香芹、鼠尾草
迷迭香和百里香，
找不到一絲
接縫和針腳，
那她才是
我的戀人。
叫她拿到
那座枯井洗滌它，
香芹、鼠尾草
迷迭香和百里香，
那裡從未湧水
亦不曾降雨，
那她才是
我的戀人。
叫她掛在
那叢荊棘晾乾它，
香芹、鼠尾草
迷迭香和百里香，
那兒自亞當誕生
迄今從未開花，
那她才是
我的戀人。
請幫我拜託她
這三件事，
香芹、鼠尾草
迷迭香和百里香，
然後她也拜託我
相同的事，
那她才是
我的戀人。

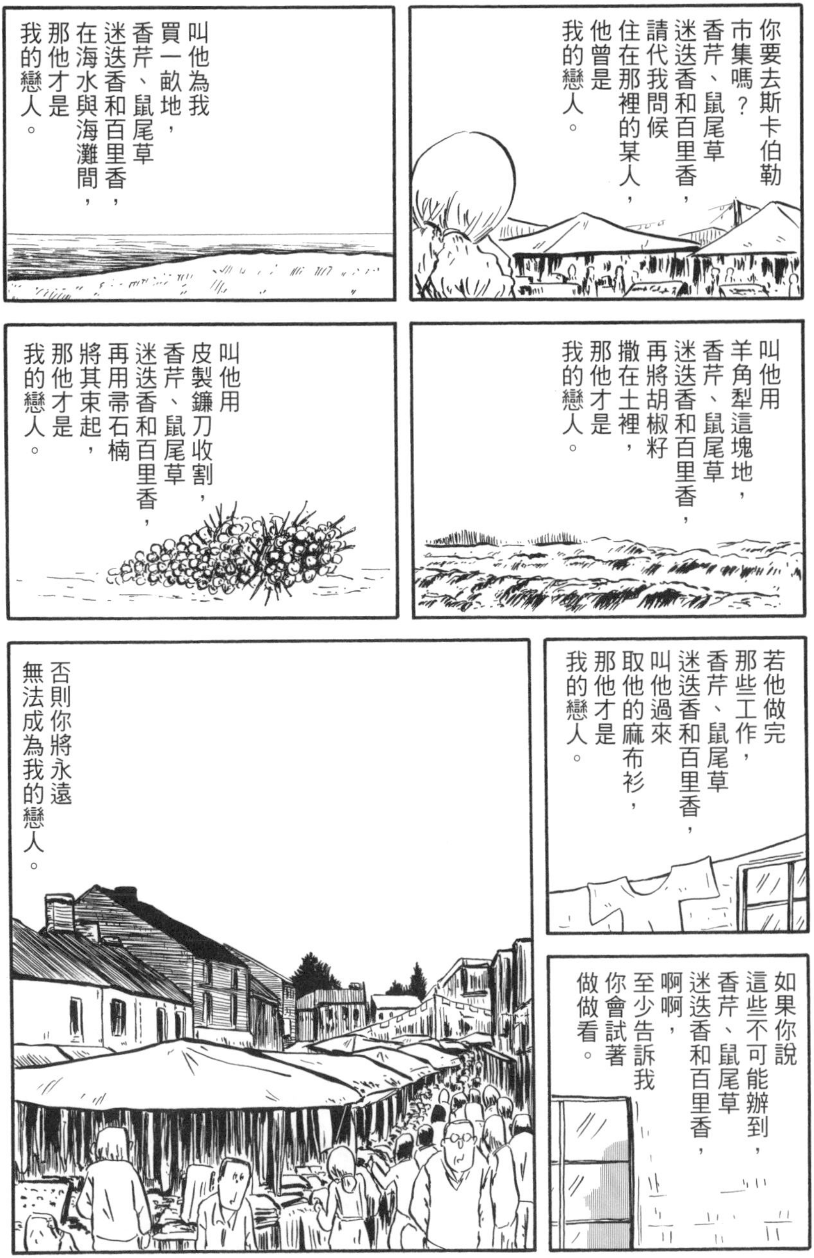
你要去斯卡伯勒市集嗎？香芹、鼠尾草迷迭香和百里香，請代我問候住在那裡的某人，他曾是我的戀人。
叫他為我買一畝地，香芹、鼠尾草迷迭香和百里香，在海水與海灘間，那他才是我的戀人。
叫他用羊角犁這塊地，香芹、鼠尾草迷迭香和百里香，再將胡椒籽撒在土裡，那他才是我的戀人。
叫他用皮製鐮刀收割，香芹、鼠尾草迷迭香和百里香，再用帚石楠將其束起，那他才是我的戀人。
若他做完那些工作，香芹、鼠尾草迷迭香和百里香，叫他過來取他的麻布衫，那他才是我的戀人。
如果你說這些不可能辦到，香芹、鼠尾草迷迭香和百里香，啊啊，至少告訴我你會試著做做看。
否則你將永遠無法成為我的戀人。

十個少年

十個少年外出吃飯，一個噎死、還剩九個；
九個少年熬夜到很晚，一個醒不來、還剩八個；
八個少年到德文郡旅行，一個說要留下來、還剩七個；
七個少年去砍柴，一個把自己砍成兩半、還剩六個；
六個少年玩蜂窩，一個被叮、還剩五個；
五個少年學法律，一個留在法院、還剩四個；
四個少年出海去，一個被紅鯡魚吞食、還剩三個；
三個少年去動物園，一個被熊抱住、還剩兩個；
兩個少年坐在太陽下，一個被烤焦、只剩一個。
一個少年孤單寂寞，但那小子結了婚。
最後一個也不剩。

—— Profile ——

鵝媽媽

Mother Goose

廣傳於歐美地區的傳統童謠總稱。1729年，法國童謠集《老故事》以「鵝媽媽（鵝老太太）」副標題翻成英文後，廣為流傳，遂成為一種對童謠、童話的總稱。收錄作品逾千（多為佚名），許多是殘酷或荒謬的故事。後來更被《愛麗絲夢遊仙境》、《魔戒》等各種作品引用。1970年由谷川俊太郎翻成日文，亦大受日本人歡迎。著名作品繁多，如：〈矮胖子〉、〈誰殺了知更鳥？〉、〈瑪莉有隻小綿羊〉等。

徒然草
吉田兼好
序段
終日無所事事，枯坐桌前。
信筆寫下心中所思，
心情竟覺可笑。

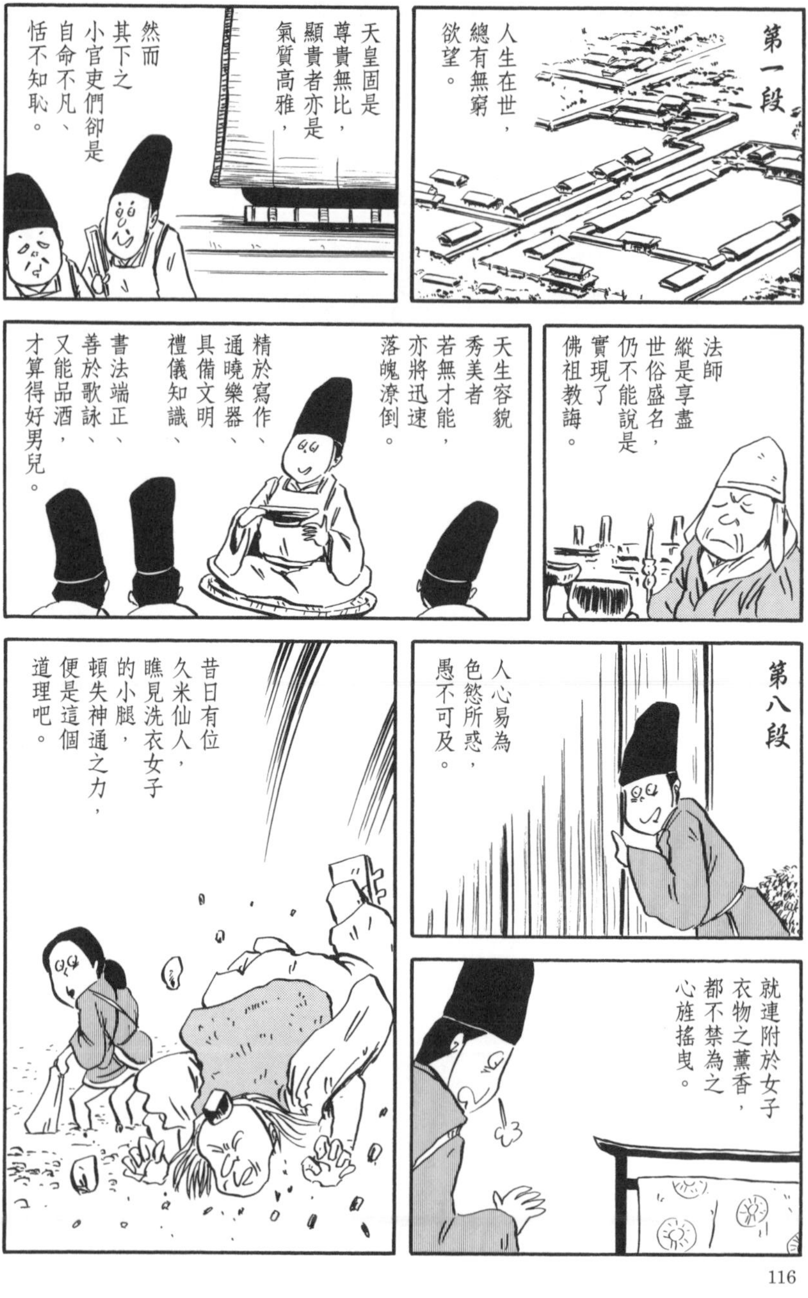
第一段
人生在世，總有無窮欲望。
天皇固是尊貴無比，顯貴者亦是氣質高雅，
然而其下之小官吏們卻是自命不凡、恬不知恥。
法師縱是享盡世俗盛名，仍不能說是實現了佛祖教誨。
天生容貌秀美者若無才能，亦將迅速落魄潦倒。
精於寫作、通曉樂器、具備文明禮儀知識、書法端正、善於歌詠、又能品酒，才算得好男兒。
第八段
人心易為色慾所惑，愚不可及。
就連附於女子衣物之薰香，都不禁為之心旌搖曳。
昔日有位久米仙人，瞧見洗衣女子的小腿，頓失神通之力，便是這個道理吧。

第十一段
陰曆十月，路經栗栖野進入某山村。
竟有人如此生活啊。
要是沒有這棵樹該多好⋯

第五十二段
仁和寺有一位法師，到老都不曾至石清水八幡宮參拜。
好，就去一趟吧。
他參拜完山腳下的極樂寺和高良神社。
嗯，這就夠了。
得償多年夙願，著實是非常精彩的地方。
然而其他參拜者全都登上了山頂哪。
雖然也很好奇山頂上有什麼，但既然參拜才是目的也就沒上去了。
哈哈哈哈
即令小事仍須達人指點。

第八十九段
深山裡有隻名叫貓又的怪物，會吃人的。
就算不在深山，貓也可能變成怪物吃人呢。
該傳聞被一位叫什麼阿彌陀佛、喜愛做連歌的法師聽見了。
我一個人走路時，要加倍小心才行⋯
某天深夜他做完連歌回家時⋯
窸窣窸窣
咦
啪
媽呀～
亂蹦亂跳
撲通
嘩啦嘩啦
救命～有貓又呀～
這不是法師嗎？
但那其實是法師養的狗，牠朝主人飛撲過去。
甩甩

第百十段
你雙陸下得很好，有什麼祕訣嗎？
走子非求勝，而是求不敗。
思索最易輸棋之下法、捨棄該法，每下一子，都要避免下一步輸棋。
修身、治國之道亦是同理。
第百十六段
寺院等諸物名稱，古人從不畫蛇添足，僅依其原貌取名。
但近來人們則是絞盡腦汁，只為誇示自身才智。
人名使用生僻文字，亦無人能從中得益。
瑠獅苗琉
第百四十九段
鹿茸不得以鼻嗅之，據聞小蟲將由鼻入啃食人腦。

第二百九段
某人爭田官司敗訴，惱羞成怒。
把那廝的田給我割個一乾二淨。
是。
喂，不是這裡的田，是更前面的。
這裡也沒有割除的理由，不都一樣嗎。
……
這歪理倒也有趣。
第二百三十五段
有主之宅，人不得擅入；
無主之所，路人堂皇而入，狐梟霸據樹精等怪亦將現形。
又鏡者無色無形故能倒映萬物，
若鏡有形色便無法倒映物體。
虛空最能容納萬物，
我等心中浮動千萬雜念亦是心中無主所致吧。

第二百四十三段
八歲時，我曾詢問父親……
佛是什麼呢？
佛乃人所化。
人如何成佛？
遵循佛之教誨即能成佛。
佛之教誨是誰教的呢？
那又是來自前佛所教。
那最初教人成佛之佛，是怎麼樣的佛呢？
或是從天而降，或是破土而出。
吾兒已將為父問倒矣。
哈哈哈哈
父親日後欣然向人訴說。

—— Profile ——

吉田兼好

Kenko Yoshida

1283年左右，生於神官之家。鎌倉末期至南北朝的歌人、隨筆家。本名卜部兼好。30歲左右出家。曾向二條為世學習和歌，乃日本和歌四天王之一。將自身思考與見聞以散文體記錄的《徒然草》是日本隨筆文學名作，亦是探討當時社會風潮特色的重要資料。據說兼好也替人代寫情書，並以「入世法師」之愛情專家角色被運用於他人小說等創作。1352年左右過世。代表作有《徒然草》、《兼好法師家集》。

該隱的後裔 有島武郎

北海道的冬季直逼入天。
這附近好像有老爹※出沒。
那農場叫什麼？
松川農場之類的吧。

※老爹（おやじ）：熊的暱稱。

川森先生是不是有親戚關係？
你看清楚了就蓋個印。
我身上連一文銭也沒有，想先借點銭。
事務所不做任何金銭借貸，你去找川森借吧。
這條路啊，你們往這走左手邊就會看到一間小屋。
如此這般，不知來自何方的仁右衛門夫婦突然出現在K村，成為松川農場的佃戶。

兩人連工作都沒安排就上工去了，不過面對近在眼前的冬季，兩人憑本能曉得該從什麼開始做起。
啊，川森爺爺。
你明明有馬，怎麼不用馬耕田？
馬是有，但沒有犁。
如果不給帳房送個禮，將會諸事不順。今晚就買點酒去打聲招呼吧。犁的話，我家的可以借你們。
把錢給我。
啪
仁右衛門信步離開小屋，往鎮上的方向去了。

一切都很順利，播下的種子像伸懶腰般地飛快成長。
人們對仁右衛門感到畏懼，即使抬頭朝他臉部位置看去，那臉孔竟還在更高之處，因此人們替他取了個「真高」的綽號。
某天晚上，仁右衛門在土地廟等女人。
你是誰？
你這時間在這種地方幹什麼？
笠井你這四國潑猴，滾、快滾！
嘻
嘻
嘻
妳竟敢躲起來。
喝啊
哇
好痛。

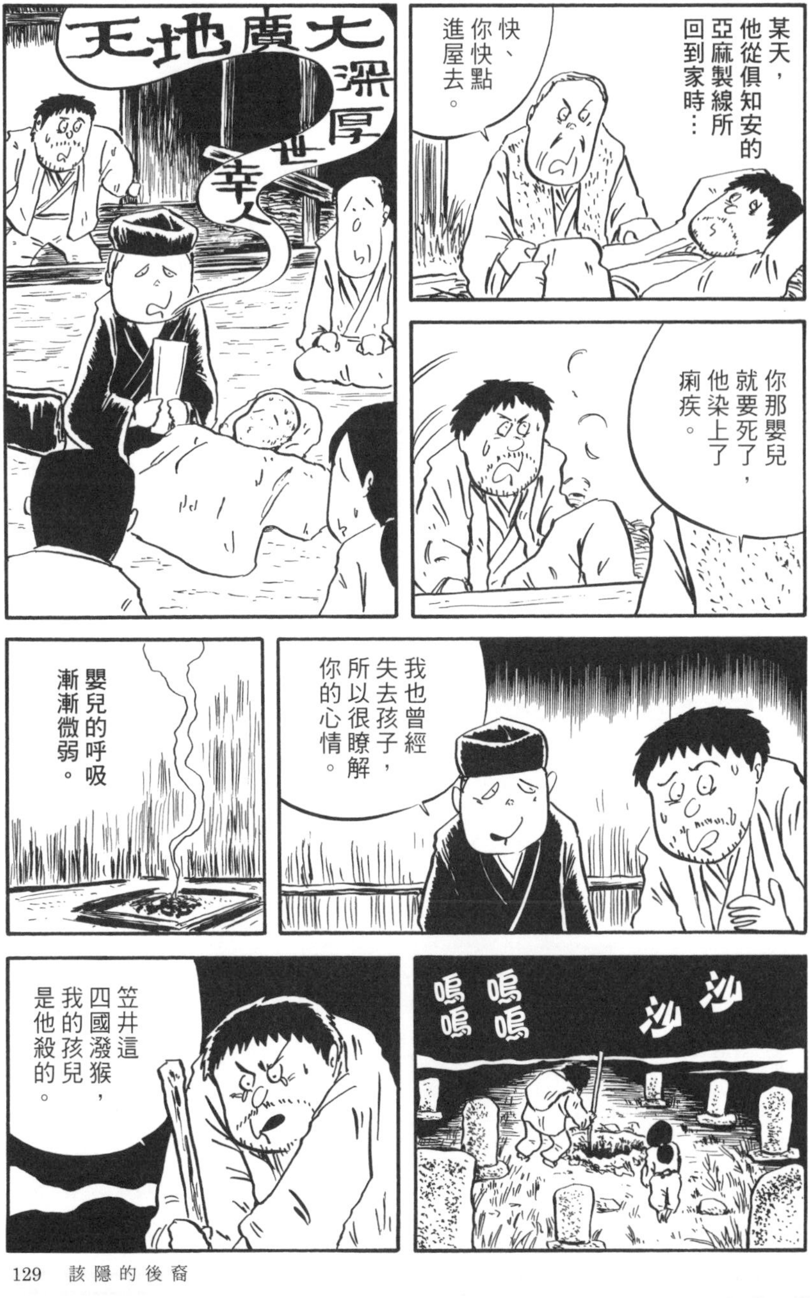

某天，他從俱知安的亞麻製線所回到家時……
快、你快點進屋去。
天地廣大
深厚
世
幸人
你那嬰兒就要死了，他染上了痢疾。
我也曾經失去孩子，所以很瞭解你的心情。
嬰兒的呼吸漸漸微弱。
沙沙
嗚嗚
嗚嗚
笠井這四國潑猴，我的孩兒是他殺的。

嬰兒過世後，
仁右衛門
更是凶暴得
無以復加。
在一刻不得閒
的農忙季節，
鎮上開了馬市。
第二天
舉行了賽馬。
他是
無鞍騎乘
的高手。
噠噠噠噠噠
就在此時
原本在看台下
玩耍的
松川場主之子，
突然搖搖晃晃地
爬進欄杆內。
笠井的女兒
見狀，
不顧一切地
奔了過去。
嘶嘶
砰
嘶嘶——
嗚哇——
哇——

笠井的女兒……
笠井……
是笠井啊……
賽馬的當晚，村裡發生了一樁大事。
笠井的女兒昏倒在河邊窪地的樹林裡，
她說自己被一個高大的男人強行帶到那裡，並遭到極其殘暴的凌辱。
「真高」這名字在村中引發恐慌。
侵犯笠井女兒的人——雖然沒有任何證據——但大家都認定是仁右衛門了。
家貧如洗、積蓄全無，那次賽馬後馬也成了廢物，
冬季恣意地向前挺進。
颼

撕撕
咚
嚓
悉窣
悉窣

—— Profile ——

有島武郎

Takeo Arishima

1878年生於東京都，是大藏官僚暨實業家父親所生之長男。1896年進入札幌農業學校（現為北海道大學農學院）就讀後，信奉基督教（後來棄教）。1903年渡美後，傾心於社會主義。歸國後擔任英語講師。由於跟志賀直哉等人相遇，而成為白樺派中心人物，以小說與評論活躍於文壇。妻子與父親過世後，正式投入寫作，1917年發表〈該隱的後裔〉。與波多野秋子陷入不倫戀，1923年於輕井澤別墅自殺，享年45歲。代表作有〈該隱的後裔〉、《與生俱來的煩惱》、《一個女人》。

斜陽
太宰治
戰爭結束後，世道也變了。和田舅舅對母親說：家裡撐不下去了，除了把房子賣掉已經別無他法，最好也辭掉所有女傭，妳們母女倆到鄉下買間整潔的小房子，才能逍遙度日。
因為有和子陪在身邊，我才要去伊豆。
要是沒有和子呢？
那不如死了算了，媽媽也想死在爸爸往生的這個家啊。
即使是我出嫁、或是我回來時，母親也絕對不讓我們看見這種軟弱的態度。

我們在三島車站轉乘駿豆鐵路後，在伊豆長岡下車。接著轉乘巴士，約十五分鐘後下車，面山爬上一條緩坡，就看到那棟精緻的中式山莊。
媽媽，這裡比想像中來得好呢。
是啊。
從那天起、直到今天，我們母女倆平安度過了相依為命的山莊生活。
媽媽今天有點事情想跟和子商量。
什麼事？死的事情我可不愛聽。
其實啊，直治還活著。
據最近剛從南方回來的一位先生所說，直治好像染上相當嚴重的鴉片癮……
妳又來了！
弟弟直治，在高中時代曾經為了模仿某位小說家而染上毒癮，還在藥房欠下一筆驚人的債務。母親花了整整兩年，才把藥房的債務還清。

還有一件事，舅舅說我們的錢已經用光了。
所以啊，看是趁現在給和子找個婆家，或是在哪戶人家找份工作，舅舅要我們二選一。
這種選擇我才不要！
和子，我們就把衣服賣掉吧。把兩人的衣服一套套地賣掉、好好揮霍一番，過過舒適的生活吧。
後來，直治從南方歸來，我們真正的地獄就此展開。
哇，真沒品味。什麼鬼房子啊，乾脆貼個布告——來來軒燒賣。
酒咧？今晚我要喝個痛快。
深夜裡，直治拖著癲狂的腳步聲回來。
你講點南方的經歷給媽媽聽聽嘛？
沒什麼好說，我忘光了。只記得回日本後那火車窗外的水田真是美極了，就這樣而已。

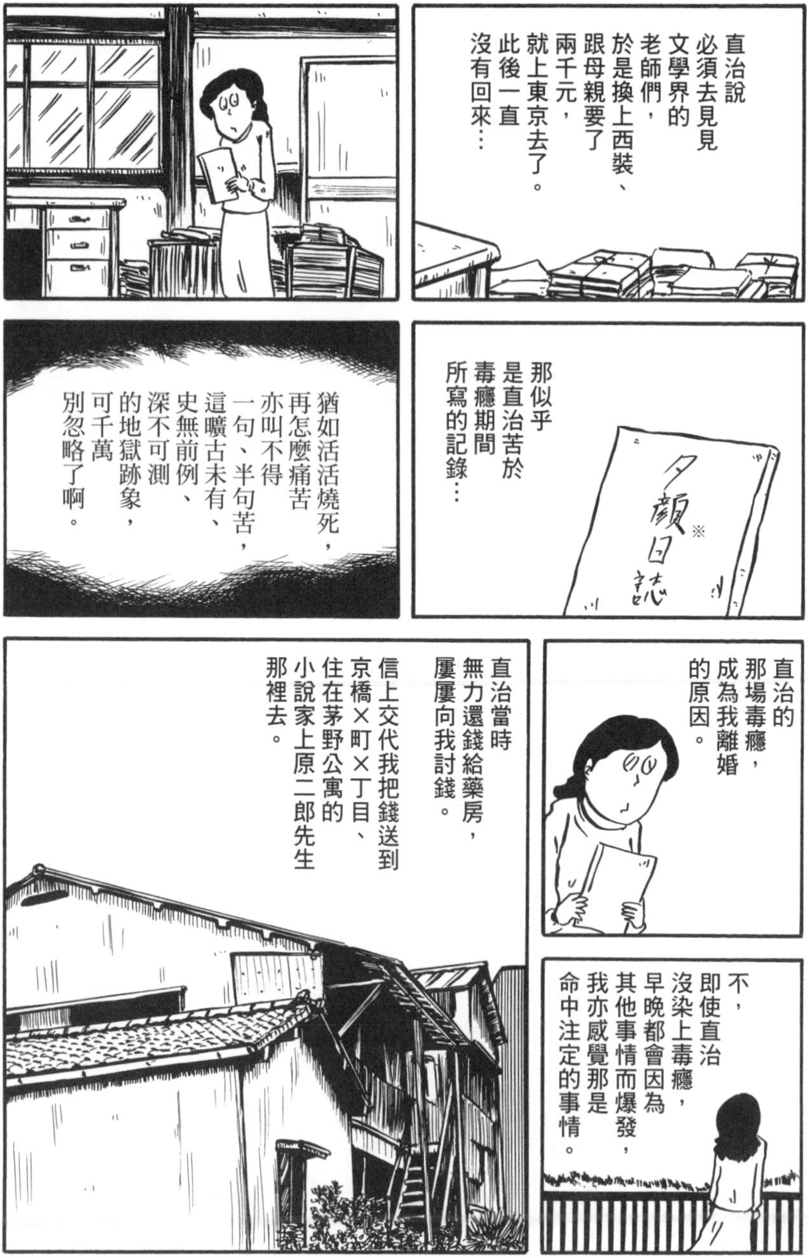

直治說必須去見見文學界的老師們，於是換上西裝、跟母親要了兩千元，就上東京去了。此後一直沒有回來…
那似乎是直治苦於毒癮期間所寫的記錄…
夕顏日誌※
猶如活活燒死，再怎麼痛苦亦叫不得一句、半句苦，這曠古未有、史無前例、深不可測的地獄跡象，可千萬別忽略了啊。
直治的那場毒癮，成為我離婚的原因。
不，即使直治沒染上毒癮，早晚都會因為其他事情而爆發，我亦感覺那是命中注定的事情。
直治當時無力還錢給藥房，屢屢向我討錢。
信上交代我把錢送到京橋×町×丁目、住在茅野公寓的小說家上原二郎先生那裡去。

※夕顏：葫蘆花，夏天傍晚開花，隔天上午枯萎，故日語別名為夕顏。

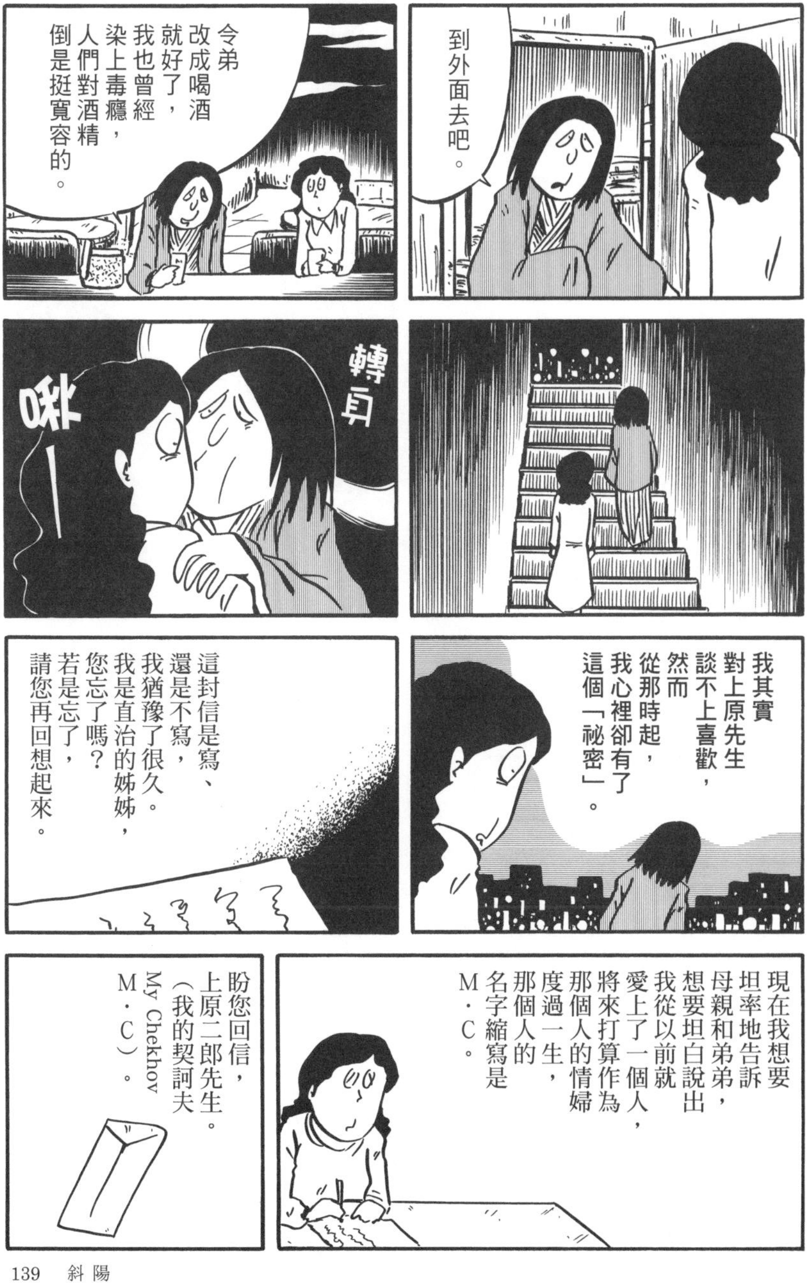
到外面去吧。
令弟改成喝酒就好了，我也曾經染上毒癮，人們對酒精倒是挺寬容的。
轉身
啾—
我其實對上原先生談不上喜歡，然而從那時起，我心裡卻有了這個「祕密」。
這封信是寫、還是不寫，我猶豫了很久。我是直治的姊姊，您忘了嗎？若是忘了，請您再回想起來。
現在我想要坦率地告訴母親和弟弟，想要坦白說出我從以前就愛上了一個人，將來打算作為那個人的情婦度過一生，那個人的名字縮寫是M・C。
盼您回信，上原二郎先生。（我的契訶夫My Chekhov M・C）。

今年夏天我給某個男人寄了三封信，可是都石沉大海。
事到如今，我悄悄在內心籌劃上東京去見上原一面時，母親的身體突然出現變化。
我聽到嘎吱嘎吱的聲音。
是支氣管炎嗎？
不是。
結核！
左右兩邊都是。
兩年？三年？
很難說，總之我已經無能為力了。
醫生是怎麼說的？
他說退了燒就沒事了。

我在母親隔壁房間懷著一股莫名的興奮情緒，閱讀羅莎．盧森堡的《經濟學入門》。
還從二樓直治的房間擅自借來了《列寧選集》以及考茨基的《社會革命》等書，我把它們擱在桌上後母親神色落寞地瞅了我一眼。
轉眼已是十月某天早晨，我發現一件駭人的事情。
媽媽！妳的手不要緊嗎？
不要緊的，才腫這麼一點不要緊的。
那個樣子啊，就快啦。咕，就沒一樁好事。
我倒無所謂，但你今後還得依靠舅舅。
饒了我吧，我當乞丐還快活些，姊姊妳才是需要舅舅照顧吧。
我呀，要當革命家。
啥？
醫生，早點讓我解脫吧。
接著約莫三小時後，母親便往生了。在直治與我僅僅兩位親骨肉的守護下，日本最後一位貴婦人——我美麗的母親。

開始戰鬥
不能永遠沉浸於悲傷中，我有一個無論如何要奮戰到底的理由，正如羅莎必須仰仗新經濟學才能生存，現在的我若沒有愛情，便活不下去。
母親的私人葬禮在伊豆舉行後，又在東京完成了正式葬禮。接著直治與我，再度在伊豆的山莊過著尷尬的生活。
在極其自然的情況下，我終於能上東京，與那個人相見。
從阿佐谷坐上往立川的電車，過了荻窪、西荻窪，從車站南口出來，按著別人教的路徑在夜路上急奔。
嘎啦
嘰嘰喳喳
哇哈哈哈哈
他就是那個我的彩虹、M·C就是我生存價值的那個人嗎？
哈哈哈

乾杯。
斷頭台
斷頭台
咻嚕咻嚕咻
妳沒有地方住吧？
我的信您看了吧？
看了。
您的回覆呢？
我討厭貴族。
妳現在還喜歡我嗎？
想要我的孩子嗎？
啾
失策啊，我也迷上妳了。
咱們要走到底嗎？
我才不要。
妳這傢伙。

那天早晨，我弟弟直治自殺了。
姊姊，我們山窮水盡了、已經不行了。我決定去死。我有可以輕鬆解脫的藥，那是在當兵時弄到手的。再見了，姊姊。我是貴族。
我辦完直治的後事，接下來的一個月就獨自住在冬天的山莊。
您終究也拋棄了我，然而我是幸福的。儘管此刻我感到自己失去了一切，但這腹中的小生命將成為我在孤獨中微笑的泉源。
私生子及其母親，然而我們準備與舊道德抗爭到底，如太陽般活下去。
我只想請您答應一件事，那就是請讓您的夫人抱抱我生的孩子，只要一次就好。
為了直治那位渺小的犧牲者，無論如何都不得不請您答應讓我這麼做。
縱使感到不快也請您忍耐，就當它是一個被拋棄而即將被遺忘的女子所提出的、唯一的小小刁難，請您務必答應。
M・C／My Comedian
（我的喜劇演員）

—— Profile ——

太宰治

Osamu Dazai

1909年生於青森縣。津輕大地主之子，17歲左右開始寫小說。1930年進入東京帝國大學法文系就讀（後因未繳學費而遭退學）。1939年在井伏鱒二的介紹下，與石原美知子結婚，育有三子。1947年《斜陽》大賣，一躍成為人氣作家。同時期與歌人太田靜子生下一女，即後來的作家太田治子。38歲時，在東京三鷹的玉川上水與愛人山崎富榮投水自盡。代表作有《人間失格》、《跑吧！美樂斯》、《津輕》、《御伽草紙》。

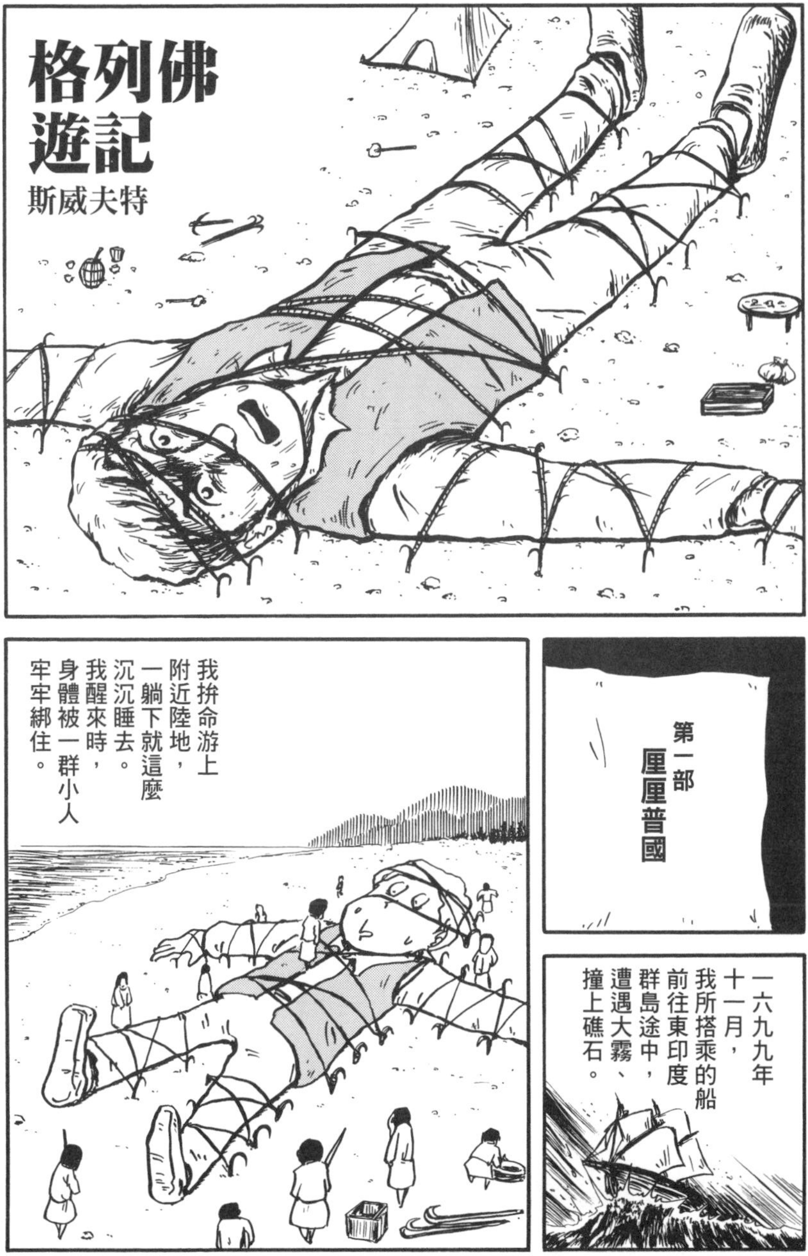
格列佛遊記
斯威夫特
第一部 厘厘普國
一六九九年十一月，我所搭乘的船前往東印度群島途中，遭遇大霧、撞上礁石。
我拚命游上附近陸地，一躺下就這麼沉沉睡去。
我醒來時，身體被一群小人牢牢綁住。

然後我被押送到小人國的京城。
哇啊，好大！
那是人山嗎？
厘厘普國的皇帝十分歡迎我，也同意讓我參觀京城。
呃，我有事相商。
怎麼了，大臣。
海峽對岸的布列復思古國其艦隊即將對我國發動攻擊。
我知道了。讓我為陛下戰鬥吧。
嘩啦嘩啦
嗚哇ー
哇ー
哇ー
厘厘普皇帝萬歲！

某天深夜，皇后寢宮失火。
那天晚上我剛好喝了大量美酒，於是順利撲滅火勢。
在皇宮撒尿成何體統！
要不弄瞎他，要不餓死他。
沒辦法，去布列復思古國吧。
布列復思古國的皇帝親自迎接我。
非常歡迎你來。
抵達布列復思古島的第三天，我在海岸發現一艘漂流船。
雖然皇帝開口挽留，但我仍離開了這個國家。
一七〇一年九月，一艘英國商船拯救了我，隔年四月我終於安全返抵國門。
我向人展示裝在口袋的牛羊，獲利頗豐。
但沒多久我又想遊歷異國，便再度啟航，只與妻小共聚了兩個月。

第二部
布羅丁那格國
我再度從英國啟航，穿越馬達加斯加海峽時遭遇暴風雨，船偏離了航道。
一七〇三年六月，因為發現一座大島，我們便上岸尋找飲水。
然而其他船員突然乘著小船，拚命划回大船。
一回頭，只見一個駭人的巨大怪物，正朝我走來。
嗚哇ー
我被帶到巨人的家裡……
主人把我裝在箱子裡，到城裡向人展示。
王后聽見傳聞，以一千枚金幣將我買下。

王后非常喜歡我，為我做了家具和衣服，但我逐漸厭倦了在宮庭充當新奇玩意兒的生活。
來到這個國家第三年的某一天，我被放在一個旅行專用箱裡，隨同前往南海岸。
就在此時飛來一隻大鷹，抓住我所在的箱子揚長而去。
不久，箱子墜海，接著又漂流了約四小時。
砰
砰
喂，裡面有人嗎？
麻煩誰來把這箱子抓起來，放到船上。
你在胡說什麼啊？
一七〇六年六月三日，我終於回歸祖國。
一到家裡，我怕撞到頭，還彎腰進門。

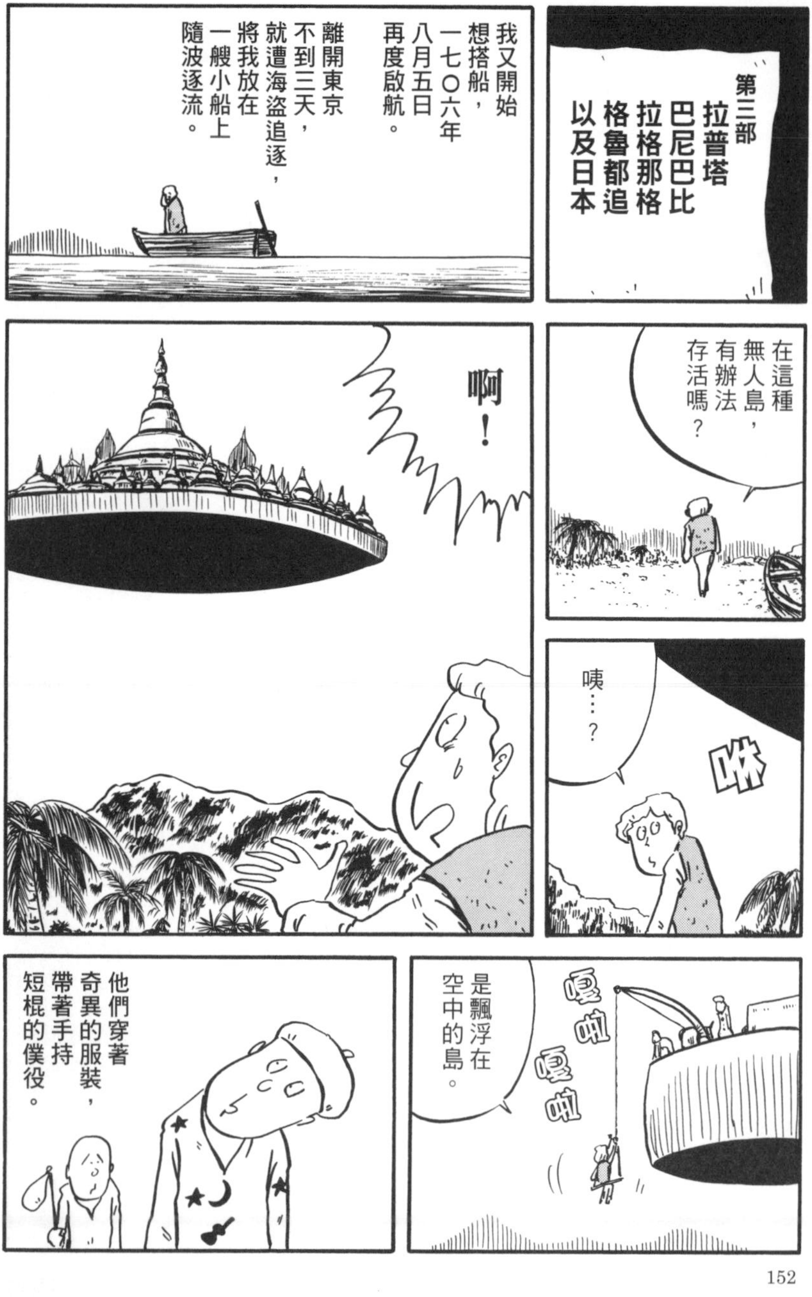
第三部
拉普塔
巴尼巴比
拉格那格
格魯都追
以及日本
我又開始想搭船，一七〇六年八月五日再度啟航。
離開東京不到三天，就遭海盜追逐，將我放在一艘小船上隨波逐流。
在這種無人島，有辦法存活嗎？
啊！
咦…？
咻
嘎啦
嘎啦
是飄浮在空中的島。
他們穿著奇異的服裝，帶著手持短棍的僕役。

這個國家的人，常常陷入沉思。甚至聽不見別人說話，僕役就負責提醒他們。
他們熱衷數學與音樂，但房舍蓋得很糟。
這座島叫拉普塔，是靠巨大磁石之力飄浮在空中。
如果地面的都市不服從命令，國王就從上空投擲石頭。
這個國家的人幾乎都不理我，所以我請國王將我放回地面。
那裡是巴尼巴比，首都拉加多則有崇拜拉普塔的學者們所設立的學院。
我在從事將人類的排泄物還原成食物的研究。
回英國去吧。

因為目前沒有行經拉格那格島和日本的船隻，我就去了格魯都追島。
據說那是「巫師之島」的意思。
酋長以召喚死者的巫術，讓我見到了亞歷山大大帝以及凱撒。
我在拉格那格島聽到了這麼一件事。
你見過斯特．德布．格嗎？那意思是「長生不死的人」。
我一開始覺得很羨慕，但得知那其實是永遠死不了的人就感到厭惡了。
一七〇九年五月，我登陸日本，在江戶晉見天皇。
我假裝成荷蘭人，請求他們護送我到長崎，並免行那踐踏十字架的儀式。
我在長崎搭上荷蘭船隻，一七一〇年四月十六日登陸英國，終於見到妻小。

第四部
慧駰國
五個月後我再度啟程，一七一〇年九月七日順利出航。但途中在島嶼僱用的船員全是海盜，我們被扔在一個不知是什麼國家的陸地。
有人哩。
但那是猶如猴子般劣等生物。
咦，有馬。
嘶嘶
這個國家的馬叫做慧駰，會說話。
牠們發現外形與犽猢那劣等動物相似的我竟能學會牠們的語言，感到十分驚奇。
呼嚕嚕嚕
是要我跟著走嗎？

從你說的那些聽來，你們難得擁有理性，卻又相互爭奪食物以及發亮的石頭，就跟犽猢是相同的動物。
我很尊敬牠們，開始覺得能夠跟牠們溝通，是一件傲人之事。
可是這個國家的議會決定將我驅逐。
我很樂意將你留在家中，但現實不容我如此。
沮喪
在慧駰們的協助下，我造了一艘船划向大海，數天後，被葡萄牙的船長所救。
我是被慧駰國驅逐出境的犽猢。
呼嚕嚕嚕
你說話還真像馬呀。
一七一五年十一月五日船隻抵達里斯本。我在那裡搭上英國船，十二月五日返抵英國。
我的妻小大為欣喜，但我無法忍受他們的氣味，自此以後就住到馬廄裡去了。

—— Profile ——

強納森·史威夫特

Jonathan Swift

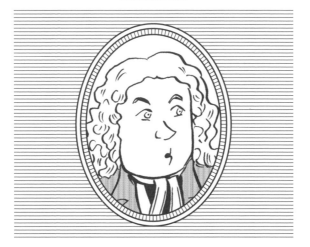

1667年生於愛爾蘭都柏林的貧困之家。就讀都柏林大學三一學院，1686年取得學士學位，1692年於牛津大學取得碩士學位。1689年左右開始寫作，發行批判愛爾蘭政策的小冊子，而被視為危險分子。1726年發表《格列佛遊記》，充滿對當時英國政治、社會，以及全體人類的尖銳嘲諷，獲得熱烈迴響。終其一生都苦於梅尼爾氏症，1738年更出現精神障礙，享年77歲。代表作有《格列佛遊記》、《給斯特拉的信》。

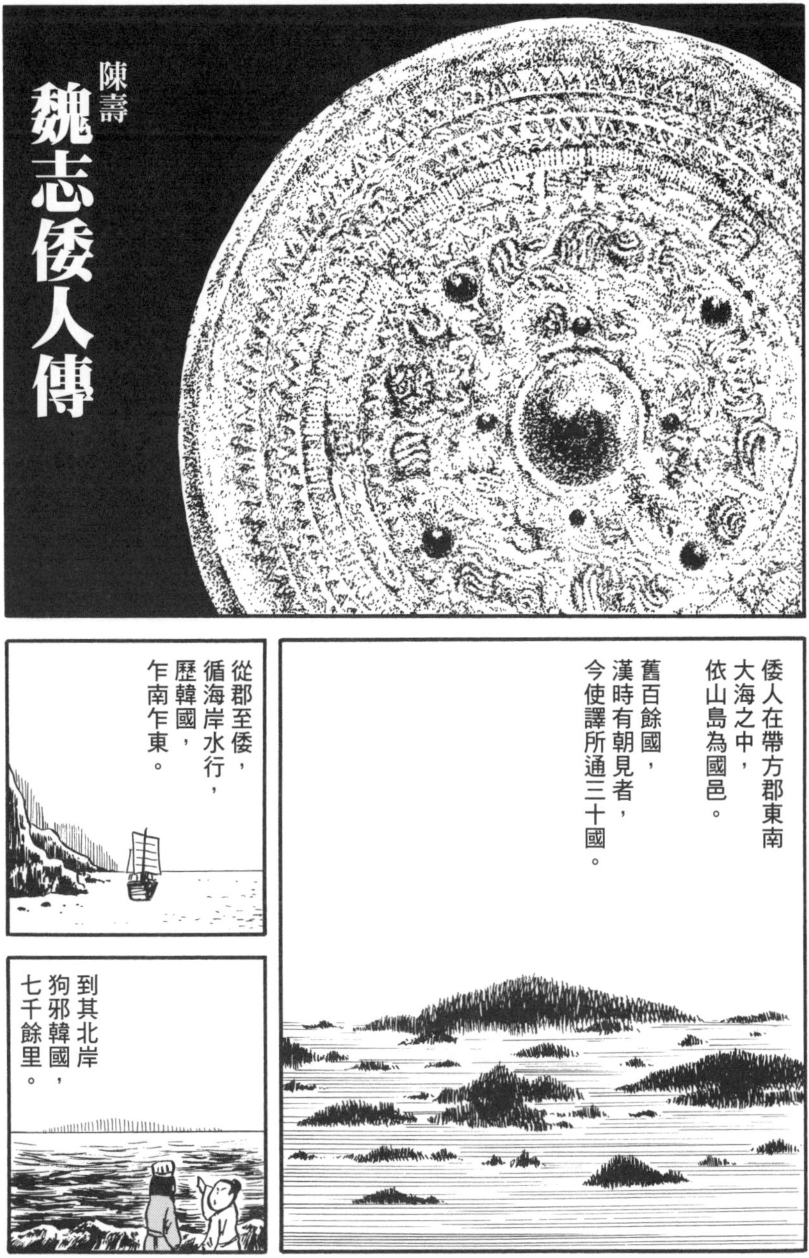
魏志倭人傳
陳壽
倭人在帶方郡東南大海之中，依山島為國邑。
舊百餘國，漢時有朝見者，今使譯所通三十國。
從郡至倭，循海岸水行，歷韓國，乍南乍東。
到其北岸狗邪韓國，七千餘里。

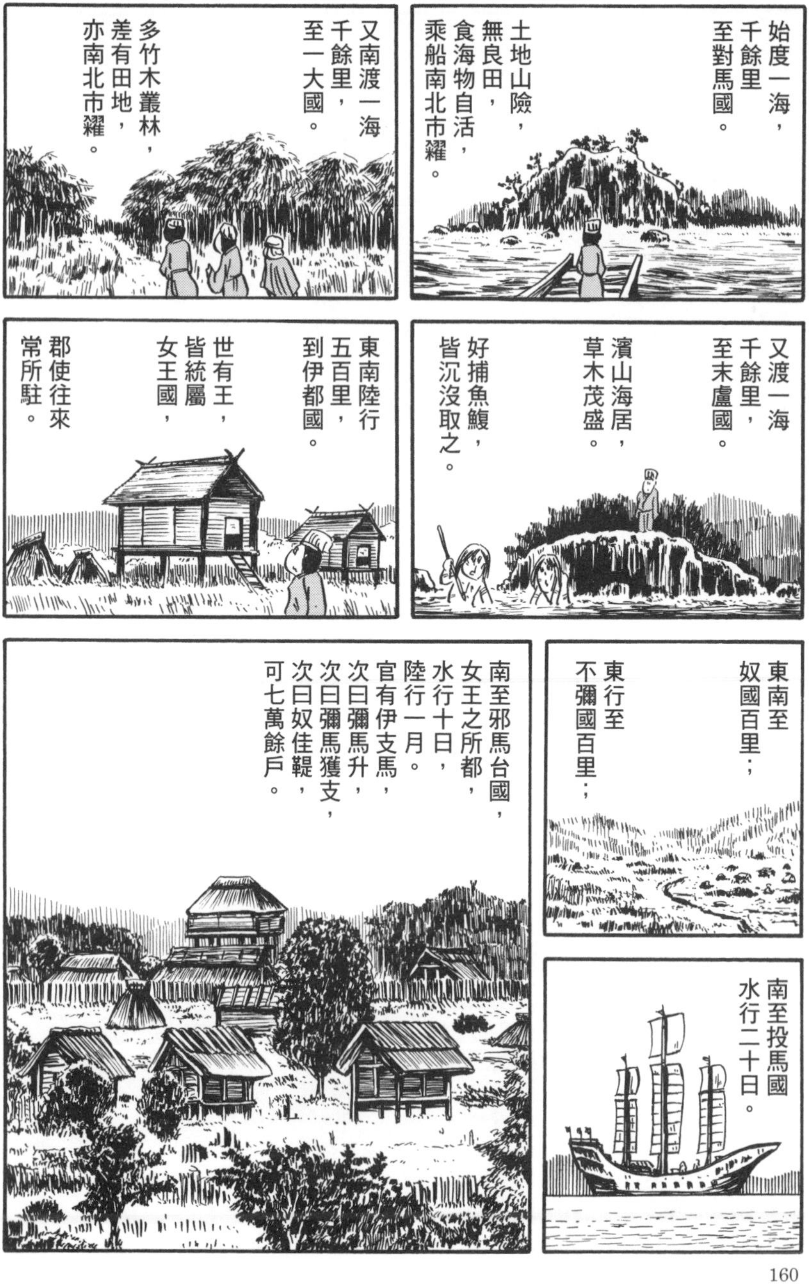
始度一海，千餘里至對馬國。
土地山險，無良田，食海物自活，乘船南北市糴。
又南渡一海千餘里，至一大國。
多竹木叢林，差有田地，亦南北市糴。
又渡一海千餘里，至末盧國。
濱山海居，草木茂盛。
好捕魚鰒，皆沉沒取之。
東南陸行五百里，到伊都國。
世有王，皆統屬女王國，
郡使往來常所駐。
東南至奴國百里；
東行至不彌國百里；
南至投馬國水行二十日。
南至邪馬台國，女王之所都，水行十日，陸行一月。官有伊支馬，次曰彌馬升，次曰彌馬獲支，次曰奴佳鞮，可七萬餘戶。

自女王國以北，
其餘旁國遠絕，
不可得詳。
斯馬國、已百支國、伊邪國
郡支國、彌奴國、好古都國
不呼國、姐奴國、對蘇國
蘇奴國、呼邑國、華奴蘇奴國
鬼國、為吾國、鬼奴國
邪馬國、躬臣國、巴利國
支惟國、烏奴國、奴國，
此女王境界所盡。
自郡
至女王國
萬二千餘里。
其南
有狗奴國，
男子為王，
不屬女王。
男子無大小
皆黥面文身。
夏后少康之子
封於會稽，
斷髮文身
以避蛟龍之害。
今倭水人
好沉沒捕魚蛤，
文身亦以厭
大魚水禽，
後稍以為飾。
計其道里，
當在會稽、
東冶之東。
男子皆露紒※，
以木綿招頭。
其衣橫幅，
但結束相連，
略無縫。
婦人被髮屈紒，
作衣如單被，
穿其中央，
貫頭衣之。

※露紒：梳在兩旁的髮髻，在日文中稱為「角髮」。

種禾稻、紵麻
蠶桑、緝績，
出細紵、縑緜。
其地無
牛、馬、虎
豹、羊、鵲。
兵用
矛、楯、
木弓，
竹箭
或鐵鏃
或骨鏃。
倭地溫暖，
冬夏食生菜，
皆徒跣※。
食飲用籩豆※，
手食。
其死，
有棺無槨，
封土作冢。
始死停喪
十餘日，
喪主哭泣。
他人就歌舞
飲酒。
已葬，
舉家詣水中
澡浴，
以如
練沐。
其行來渡海
詣中國，
恆使一人
不梳頭，衣服垢，
名之為持衰。
若行者吉善，
共顧其生口財物；
若遭暴害，
便欲殺之，
謂其持衰不謹。
出真珠、青玉。
其山有丹，
其木有柟、杼、
豫樟、楺櫪、
投橿、烏號、楓香，
其竹篠、簳、桃支
有薑、橘、椒、蘘荷，
不知以為滋味。
有獮猴、黑雉。

※徒跣：赤足步行。
※籩豆：指食器。竹製為籩，木製為豆。

其俗舉事行來，
輒灼骨而卜，
以占吉凶。
其會同坐起，
父子男女無別，
人性嗜酒。
但搏手以當跪拜。
其人壽考，
或百年，
或八九十年。
國大人
皆四五婦，
下戶
或二三婦。
婦人不淫，
不妒忌。
不盜竊，
少諍訟。
其犯法，
輕者沒其
妻子，重者
滅其門戶。
及宗族尊卑，
各有差序，
足相臣服。
收租賦。
國有市，
交易有無，
使大倭監之。
自女王國以北，
特置一大率，
檢察諸國。
常治伊都國，
於國中有如刺史。
王遣使，
皆臨津搜露，
賜遺之物詣女王。
下戶與大人
相逢道路，
逡巡入草。
或蹲或跪，
兩手據地。
對應聲
曰「噫」，
比如
「然諾」。

其國本亦以男子為王，住七八十年，倭國亂，
乃共立一女子為王，名曰卑彌呼。
事鬼道，能惑眾，年已長大，無夫壻，有男弟佐治國。
自為王以來，少有見者。唯有男子一人給飲食，傳辭出入。居處宮室樓觀，城柵嚴設，常有人持兵守衛。
女王國東渡海千餘里，復有國，皆倭種。
又有侏儒國在其南，去女王四千餘里。
又有裸國、黑齒國，船行一年可至。
參問倭地，絕在海中洲島之上，或絕或連，周旋可五千餘里。

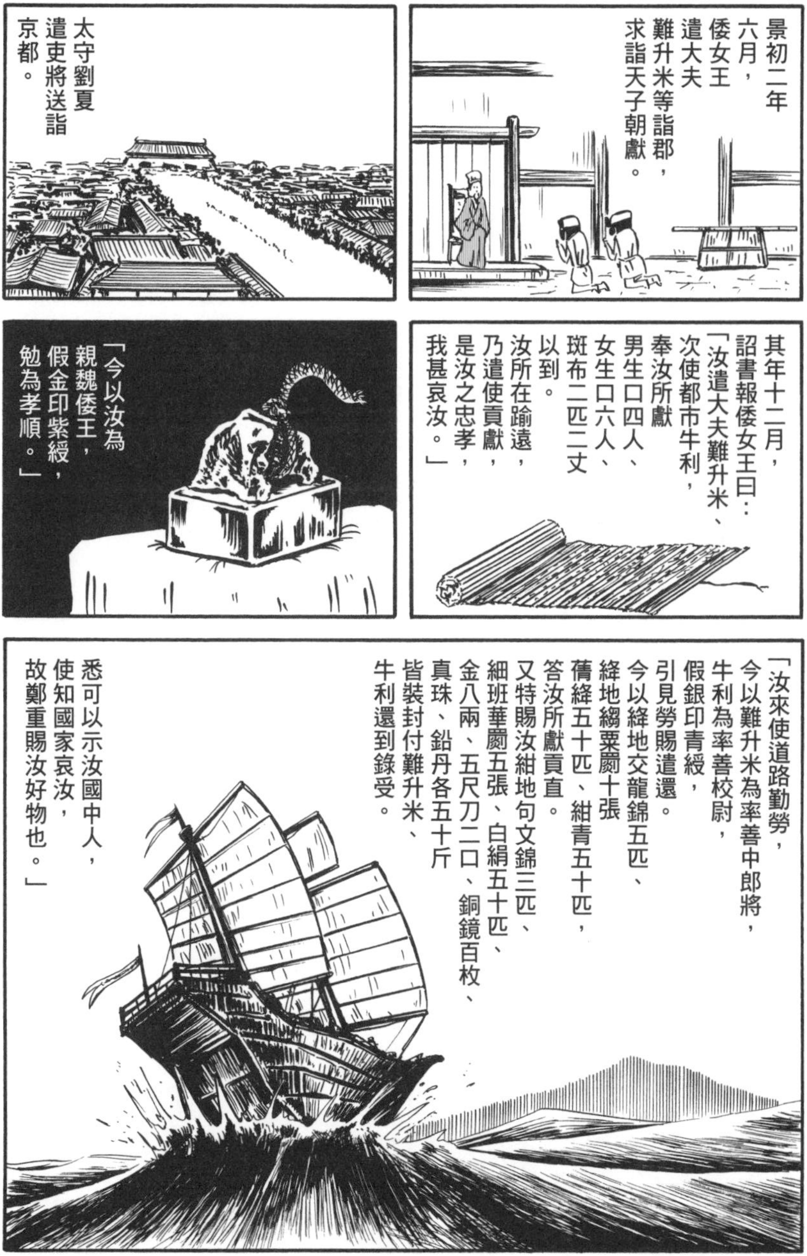
景初二年六月，倭女王遣大夫難升米等詣郡，求詣天子朝獻。
太守劉夏遣吏將送詣京都。
其年十二月，詔書報倭女王曰：「汝遣大夫難升米、次使都市牛利，奉汝所獻男生口四人、女生口六人、斑布二匹二丈以到。汝所在踰遠，乃遣使貢獻，是汝之忠孝，我甚哀汝。」
「今以汝為親魏倭王，假金印紫綬，勉為孝順。」
「汝來使道路勤勞，今以難升米為率善中郎將，牛利為率善校尉，假銀印青綬，引見勞賜遣還。今以絳地交龍錦五匹、絳地縐粟罽十張、蒨絳五十匹、紺青五十匹，答汝所獻貢直。又特賜汝紺地句文錦三匹、細班華罽五張、白絹五十匹、金八兩、五尺刀二口、銅鏡百枚、真珠、鉛丹各五十斤，皆裝封付難升米、牛利還到錄受。
悉可以示汝國中人，使知國家哀汝，故鄭重賜汝好物也。」

正始元年，
太守弓遵
遣建中校尉
梯儁等，
奉詔書印綬
詣倭國，
賜金、帛
倭王因使上表
答謝詔恩。
其四年，
倭王復遣使
大夫伊聲耆、
掖邪狗
等八人，
上獻生口、
倭錦。
掖邪狗等
壹拜
率善
中郎將
印綬。
其六年，
詔賜
倭難升米
黃幢，
付郡假授。
其八年，
太守
王頎到官。
倭女王卑彌呼
與狗奴國男王
卑彌弓呼
素不和，
遣倭載斯、
烏越等詣郡
說相攻擊狀。
遣塞曹掾史
張政等，
為檄告喻之。
卑彌呼以死，
大作冢，
徑百餘步，
殉葬者
奴婢
百餘人。
更立男王，
國中不服，
更相誅殺，
當時殺
千餘人。
復立卑彌呼
宗女壹與，
年十三為王，
國中遂定。
壹與遣倭大夫
率善中郎將
掖邪狗等
二十人
送政等還，
因詣臺，
獻上男女生口
三十人，
貢白珠五千孔、
青大勾珠二枚、
異文雜錦二十匹。

—— Profile ——

陳壽

Chen Shou

233年生於三國時代之中國益州巴西郡（今四川省）。字承祚。其將校父親受斷髮之刑的屈辱，使陳壽度過慘澹的少年時代。原為蜀漢官吏，但因違抗上司而遭貶。此外，陳壽在父喪期間，因病讓婢女侍候服藥，但此舉被儒家視為禁忌，一度無法為官。晉王朝成立後，其才華為武帝（司馬炎）賞識，據過去編纂地方史的實績完成了《三國志》。於297年過世。《三國志》雖為私人編纂，但在陳壽過世後被認定為正史；除此之外，並無其他現存著作。

櫻樹下
梶井基次郎
櫻樹下埋著屍體！
因為啊，櫻花竟然開得那般絢麗，不是令人難以置信嗎？
我就是無法相信那種美，這幾天才如此不安。
但我現在終於明白了，櫻樹下埋著屍體。

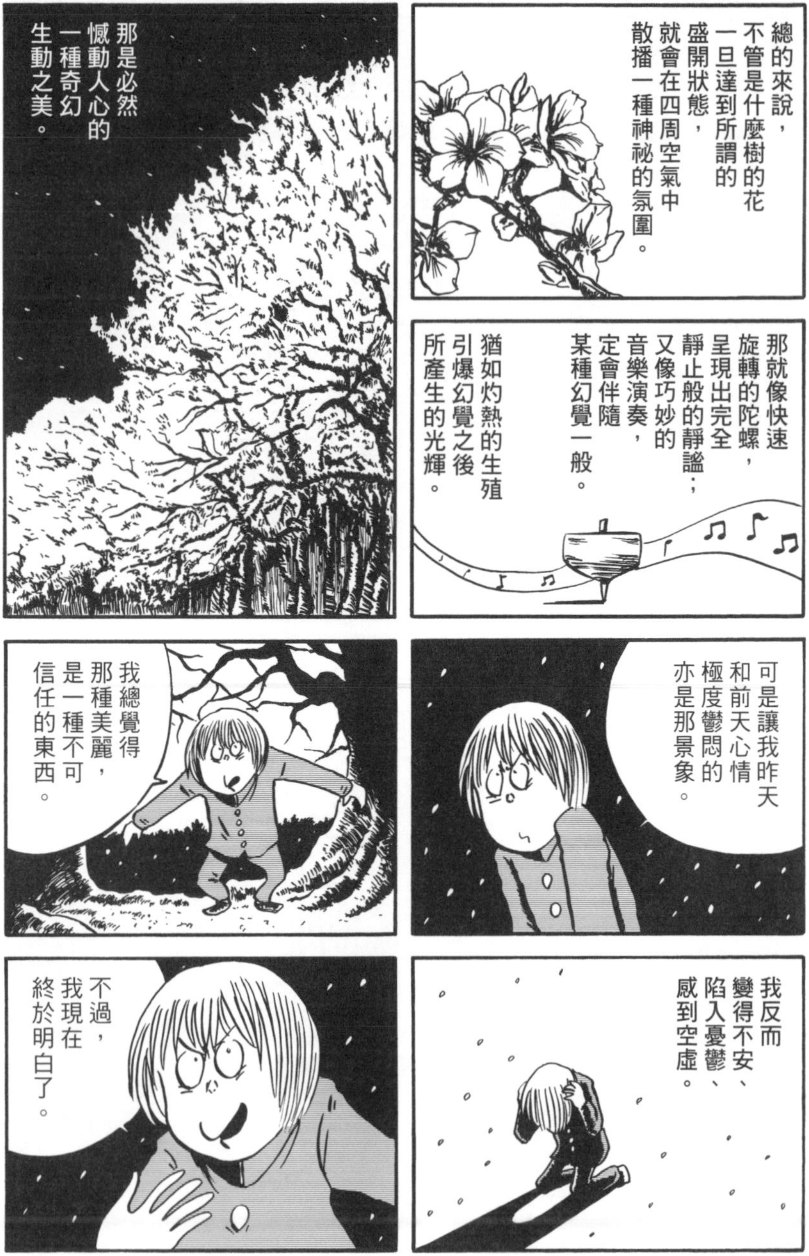
總的來說，不管是什麼樹的花一旦達到所謂的盛開狀態，就會在四周空氣中散播一種神祕的氛圍。
那就像快速旋轉的陀螺，呈現出完全靜止般的靜謐；又像巧妙的音樂演奏，定會伴隨某種幻覺一般。
猶如灼熱的生殖引爆幻覺之後所產生的光輝。
那是必然撼動人心的一種奇幻生動之美。
可是讓我昨天和前天心情極度鬱悶的亦是那景象。
我總覺得那種美麗，是一種不可信任的東西。
我反而變得不安、陷入憂鬱、感到空虛。
不過，我現在終於明白了。

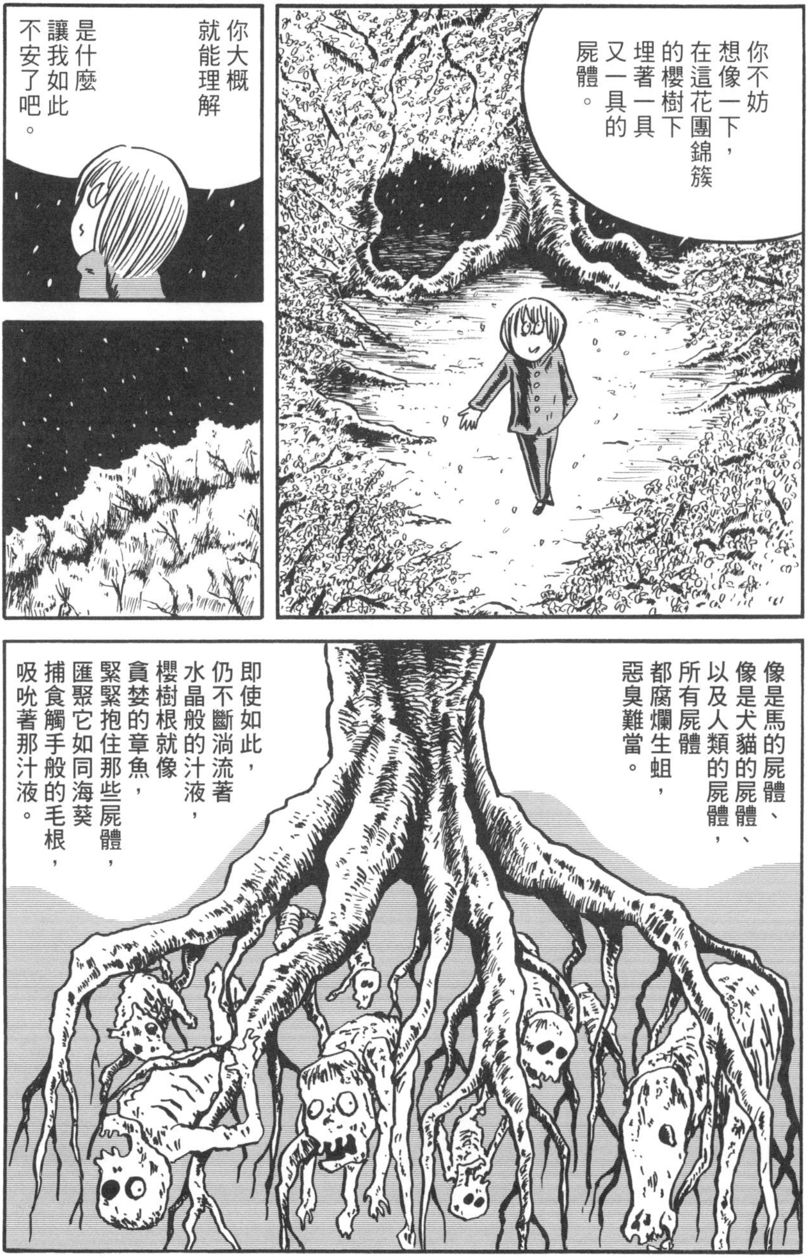
你不妨想像一下，在這花團錦簇的櫻樹下埋著一具又一具的屍體。
你大概就能理解是什麼讓我如此不安了吧。
像是馬的屍體、像是犬貓的屍體、以及人類的屍體，所有屍體都腐爛生蛆，惡臭難當。
即使如此，仍不斷淌流著水晶般的汁液，櫻樹根就像貪婪的章魚，緊緊抱住那些屍體，匯聚它如同海葵捕食觸手般的毛根，吸吮著那汁液。

是什麼形成那些花瓣？是什麼構成那些花蕊？
我彷彿看見了毛根吸取的水晶汁液靜靜排隊在維管束中，如夢似幻地向上攀升。
你又何必這般愁眉苦臉呢？那不是美麗的透視術嗎。
我現在總算能夠定神凝視櫻花了。
因為我已從昨天和前天那令我不安的神祕中解脫。
兩、三天前，我順著這條溪谷向下走。
我看見四面八方都有蜉蝣，宛如阿芙蘿黛蒂從水花中誕生，再朝著溪流上空冉冉飛揚。
正如你所知，牠們將在那裡舉行美麗的婚禮。
我步行片刻，冷不防撞見古怪之物。

你猜猜那是什麼呢？那正是成千上萬、不計其數的蜉蝣屍體。
牠們那彼此交疊的羽翼被陽光照得蜷縮，流瀉出一片油光，那裡是牠們產卵後的墓地。
我看見那景象時，胸口感到一股衝擊。
我嘗到挖墳嗜屍者那種變態的殘虐愉悅感。
這溪谷沒有任何教我欣喜的事物。
日本樹鶯也好、白頰山雀也好，還是將白色日光煙霏成綠光的樹木嫩芽，那些都不過是朦朧的心像罷了。
我需要慘劇，有了它的平衡，我的心像始得明確。
我心猶如惡鬼渴求憂鬱，唯憂鬱在我心完成之時，我心才得以平靜。

——你正在擦拭腋下吧。
出了一身冷汗嗎？我也是跟你一樣的，你毋須對此感到不快。
你試著把那黏糊糊的汗水想像成精液，這樣我們的憂鬱便完成了。
啊啊，櫻樹下埋有屍體！
這妄想究竟是從何浮現而來的呢？那些遍尋不著的屍體啊。
如今彷彿已與櫻樹合而為一，我再怎麼甩頭亦不肯離我而去。
我現在感到自己終於跟那些在櫻樹下飲酒作樂的村民們，同樣擁有品嚐賞花酒的權利了。

Translating standard literary works into about 10 pages

—— Profile ——

梶井基次郎

Motojiro Kajii

1901年生於大阪府。幼年體弱多病，19歲時肺結核發病後，首次移居鄉間療養。當時過著沉溺於酒精的「頹廢生活」，每天都在自我厭惡中度過。此時，亦開始撰寫表達自身心境之作品。1925年創辦同人誌《青空》，發表〈檸檬〉。1927年為了養病，前往川端康成所在的伊豆，並在當地與已婚作家宇野千代相戀。1932年死於肺結核，享年31歲。代表作有〈檸檬〉、〈櫻樹下〉。

破戒
島崎藤村
瀨川丑松之所以決定搬家，是因為他現在的租屋處，發生了一件令人極不愉快的事情。
約莫半個月前，有一位叫大日向的財主在住院前先暫住於此。
不知是誰出於嫉妒，竟到處放風聲說「他是穢多※」，房客們肆無忌憚地破口大罵「真齷齪、真齷齪」。
「什麼齷齪啊」丑松暗地憤恨不平，
丑松自己也是個穢多。

※穢多：賤民階級。

在鎮民眼中丑松只是位熱心的年輕教師，沒有人知道他其實是穢多，也就是所謂的新平民。
「無論碰到什麼事，不管遇見什麼人，絕對不可說真心話」父親如此告誡。
懺悔録
猪子蓮太郎
這本書的作者——豬子蓮太郎，其思想如實反映出當今下層社會的「新苦痛」。
既是新思想家又是鬥士的豬子蓮太郎，出生於穢多階層的這個事實，使丑松內心深受感動。
你看，從你獲頒金牌到你是教育者的楷模為止，報上寫得多詳細啊。
可是若讓瀨川發表感想，這些東西毫無價值。
他怎麼會這樣想呢？
可能就是豬子蓮太郎那一類的思想吧。
哼，——那個穢多嗎？

你為什麼要搬家呢？
那地方實在太吵了——
那地方聽說還有個穢多被趕出去了呢。
你該不會是因為這樣才討厭那個租屋處吧。
別胡說八道。
「隱瞞」——這的確是個攸關生死的問題。
啊啊，真想一直這樣活下去。

天長節※當晚，
丑松因為值夜班
而留在學校。
丑松
丑松
？
丑松
丑松
是老爸的
聲音。
啊啊，
為何叫得
如此急切呢？
隔天早上，
叔叔發的
電報上寫著
父親往生
的噩耗。
咦——
豬子老師。
喲，
是瀨川君啊。
丑松並非完全
不認識蓮太郎，
還曾透過
他人介紹見面。
據蓮太郎說，
他是去赤倉溫泉
調養身體，
如今正要回家。
與他同行的，
是他的夫人
以及擔任律師的
代議士候選人。
你叫瀨川嗎？
我是市村。

※天長節：天皇誕生日。

瀨川君，那就改天見了——失陪。
對，——至少要對那位前輩說真話。
驛
那是代議士候選人高柳利三郎嗎？他要去哪裡呢？
天黑之後，丑松踏入了第二故鄉。
父親當初舉家遷至這偏僻鄉下，也是因為能以極低廉的價格租到一丁點的土地。
謹慎的父親選在遠離眾人目光的一處山腳住了下來。
聽叔叔說，父親的過世既非年邁、亦非病痛，而是被他照管的暴躁種牛所傷。
父親臨終交代在山上舉行葬禮，不要通報鎮上。這些說穿了，都是為了丑松著想，令人感受到父親的剛烈氣魄。

葬禮結束後，蓮太郎來訪。
你可得當心哪。
叔叔，你放心好了。
據蓮太郎說，那個高柳祕密迎娶六左衛門這個穢多富豪的女兒。
他好像總在想辦法躲著我。
那就代表他心裡有鬼。
為了錢而結婚，不是太卑鄙了嗎？
再沒比這事更污辱新平民的了。
傷了父親的種牛被送往屠宰場的那天早上……
啊啊，要說的話就趁現在。
要隱瞞，
別忘記。

丑松回來的第二天早上…
請問有人在嗎？
初次見面，——我是高柳利三郎。
幸會，請往這邊。
聽說府上遭逢不幸，您一定很難過吧。
天外飛來橫禍。
其實，您的心情我也能夠體會。
哦？
您這話我實在無法理解。
所以我才來求您理解的啊。
您也知道就快選舉了。
請我您不要把我老婆的事洩漏出去。相對的，關於您的事，我也是一樣。
——請您務必答應此事，瀨川先生。
我無惡意，這是為了我們雙方好。

鎮上傳聞學校職員裡藏匿著一個新平民。
算來算去不就是你嗎？
你別胡說八道。
懺悔錄
老師、老師，──請原諒我。
你們學校的瀨川老師聽說是個調理（穢多的別名）。
他還真能一直瞞到今天哪。

市村律師和蓮太郎兩人，將冒著這場大雪前來的消息，傳入人在學校的丑松耳裡……
我為何要接受教育？為何要追求真理和自由的思想呢？
至少要將我的身世告訴那位前輩吧。
蓮太郎的演講算不上高明，但他說的字字句句直達聽眾內心。
最後蓮太郎大力抨擊高柳的致命傷，高柳的祕密被徹底揭發，那出於卑鄙動機的結婚真相。
前輩在寺門前遭人襲擊，那無疑是高柳的報復。
老師，──是我，是瀨川啊。
事到如今，丑松這才發現回顧迄今的人生是虛偽的人生、是自我欺騙。
「我乃穢多。」像個男子漢般向社會坦誠，不就好了嗎？蓮太郎的死教導了丑松這個道理。

早飯後，丑松在書桌前寫辭呈。
要隱瞞。
別忘記。
老爸，請原諒我。
我乃穢多。
破戒，——這是何等悲壯的決定啊。
無論如何，得先好好上完這天的課，丑松一邊壓抑，內心的激動情緒一邊授課。
今天到此為止。
我有些話要說。

我想各位也都知道，若將住在這裡的人區分來看，大致可分為五種類別。那就是舊士族、鎮上的商人、農民和僧侶，此外還有一個被稱為穢多的階級。
如果那個穢多來到這間教室，教授各位國語或地理，那時各位會作何感想呢？
——事實上，我就是那個卑賤的穢多。
我縱然出身卑賤，但為了使各位具有高尚思想，至少每天都竭盡心力地授課。
還請各位看在這番苦心上，原諒我隱瞞身分至今。
其實我是個穢多、是個調里、是齷齪之人。
紛紛
起身

蓮太郎的喪禮後，當初被租屋處攆走的大日向，計畫到美國「德克薩斯州」從事農業開發，並委託市村律師物色幫手。丑松聞訊，決定立即啟程。
老師，讓我們送您一程吧。
你們……
喂～等一等。
要先取得許可再去送行，——校長是這麼交代的。
自己不來，又不讓學生來，有這麼不講道理的事嗎！
各位特地到這裡來，我已經心滿意足了，你就讓同學們送到這裡為止吧。
丑松再三回頭張望，深深嘆了一口氣時臉頰不覺淌下兩行熱淚，雪橇開始在雪地上滑行。
保重。

—— Profile ——

島崎藤村

Toson Shimazaki

1872年生於岐阜縣。1891年明治學院畢業。在學期間受洗，並且開始關注文學，參與北村透谷、星野天知等人撰寫的《文學界》。曾任教職，但因愛上學生而引咎辭職。1896年左右開始寫詩，出版首部詩集《若菜集》。藤村的詩作亦以歌曲形式廣傳，〈椰果〉乃日本國民歌謠之一。1906年自費出版的《破戒》大受好評，成為自然主義作家的代表。1919年出版的《新生》自曝與姪女的近親相姦。1943年死於腦溢血，享年71歲。代表作有《破戒》、《黎明前》、《春》等。

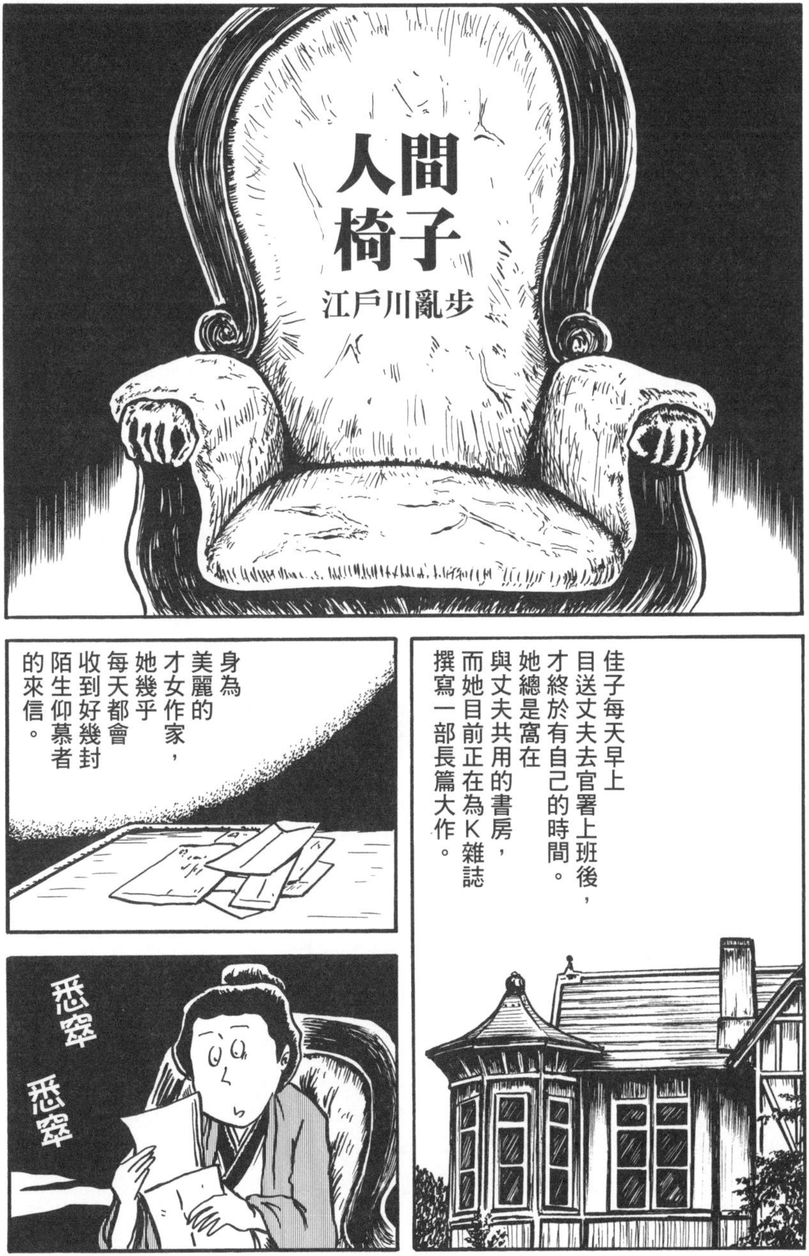
人間椅子
江戶川亂步
佳子每天早上目送丈夫去官署上班後，才終於有自己的時間。
她總是窩在與丈夫共用的書房，
而她目前正在為K雜誌撰寫一部長篇大作。
身為美麗的才女作家，
她幾乎每天都會收到好幾封陌生仰慕者的來信。
悉窣
悉窣

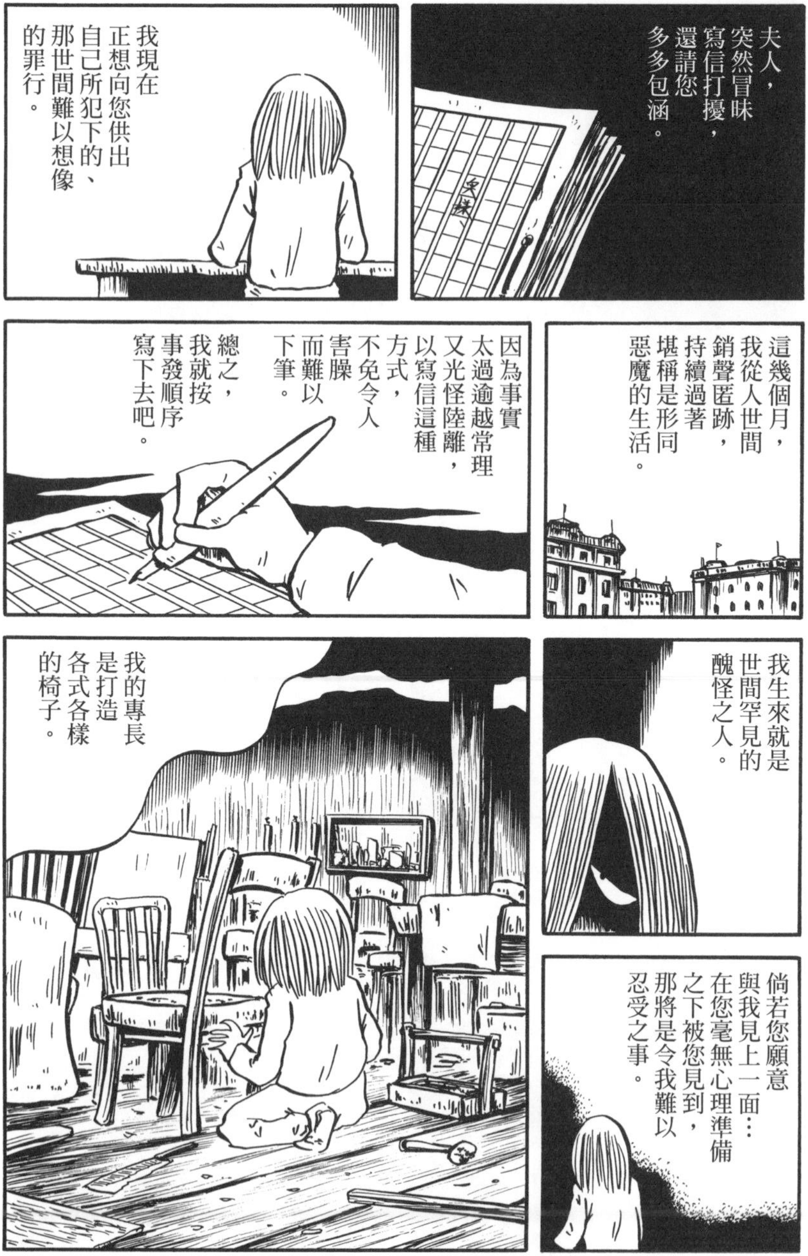
夫人，突然冒昧寫信打擾，還請您多多包涵。
我現在正想向您供出自己所犯下的、那世間難以想像的罪行。
這幾個月，我從人世間銷聲匿跡，持續過著堪稱是形同惡魔的生活。
因為事實太過逾越常理又光怪陸離，以寫信這種方式，不免令人害臊而難以下筆。
總之，我就按事發順序寫下去吧。
我生來就是世間罕見的醜怪之人。
倘若您願意與我見上一面…在您毫無心理準備之下被您見到，那將是令我難以忍受之事。
我的專長是打造各式各樣的椅子。

無論是多麼刁鑽的客戶，我做的椅子保證能讓他們滿意，因此我總能拿到那些最高級的訂單。
每完成一張椅子，我都會先坐上去試試坐起來的感覺。同時，在枯燥無味的工匠生活中，也只有這一刻能讓我產生一種難以言喻的成就感。
這麼說或許有些狂妄，但這種心情我覺得甚至能與藝術家完成偉大傑作時的喜悅相比擬。
既窮又醜的我、區區一介工匠的我，在妄想世界裡化為高雅的貴公子，坐在我打造的那張高級椅子上。
回歸現實的我才發現那裡的自己面貌醜得可憐，與夢中貴公子毫無相似之處。
與其繼續過著這種蛆蟲般的生活，不如死了算了。
但，且慢。既然都有一死了之的決心，難道就沒有其他辦法了嗎？例如……
於是，我的思維漸漸步上那駭人方向。

那時我正好受託打造一張大型的皮革扶手椅。
這椅子由某間飯店訂製，我也廢寢忘食地投入製作。
那是就連我也為之著迷的精彩傑作。
我照例緩緩地在椅子上坐下。
試坐之際，我的腦裡突然萌生一個妙計。
所謂的惡魔呢喃大概就是指這種情況吧。
因為那是一張非常巨大的扶手椅，所以內部有一個大洞，就算藏了一個人從外面也絕對看不出來。
我將內部改造，只要有糧食，即使在裡頭待上兩、三天也絕不會感到不便，那張椅子可說是變成了一間單人房。

那天下午，我藏身的扶手椅已經穩穩當當地安放在飯店的某個房間。那裡有各種人頻繁出入，是個類似交誼廳的房間。
您應該早就察覺了吧。我的目的是想趁四下無人之際，從椅子裡面溜出來、下手行竊。
我這時發現了比那偷竊更令我愉快十幾二十倍的詭譎怪誕之樂，而且向您剖白此事，其實才是我寫這封信的真正目的。
各式各樣的人輪流坐上我的膝頭，同時，誰都沒有察覺——他們所堅信的柔軟座墊，其實是我這個人類。
我如今正與陌生的異國少女隔著一層薄薄的皮革、幾乎能感受對方體溫般地緊密相貼。
當初的偷竊已淪為次要目的，我徹底耽溺於這奇異的觸感世界。
那是只有觸覺、聽覺以及些微嗅覺所構成的戀情是黑暗世界的戀情，絕非這人間之物。這莫非正是惡魔國度的愛慾嗎？

幾個月後，飯店經營者出於某種原因決定打道回國。
因此用不著的家具等物品就被拍賣了。
買家是位政府官員，住在離Y市不遠的大都市。
買家的官員擁有一棟相當氣派的豪宅，我這張椅子就被放置在洋房的寬敞書房內。
我最感到滿意的是，比起男主人，年輕貌美的女主人更常使用這間書房。
此後的一個月左右，我與夫人天天在一起。
那是因為夫人這段期間一直窩在書房埋首創作。

我有多麼愛她，這事就不在信裡逐一細述了。
我努力讓夫人在我這張椅子、至少在這上頭能夠坐得舒服，進而對椅子產生依戀。
或許是我的付出有了回報，抑或者單純是我的錯覺，最近總覺得夫人似乎愛上了我這張椅子。
然後，我終於…啊啊，夫人。我終於禁不住許下一個不自量力的荒唐心願。只要一眼就好，若能看看我心上人的長相，然後跟她說說話，我甚至就死而無憾了。
夫人，您想必早就明白了吧。我所說的心上人，其實就是您。
這是我畢生的心願，您能否與我見上一面呢？
請您…我請求您，就讓這世上最不幸的男子得償其卑微的心願吧。
當您閱讀這封信的同時，我正擔憂得臉色發白，在貴府四周徘徊。

夫人，有您的信。
突然寫信打擾，還請您多多包涵。
我素來喜愛老師的作品。
另寄給您的信件乃是拙作，若能蒙老師一讀且惠賜批評，則不勝榮幸之至。
不知您覺得如何呢？倘若拙作能感動老師一二，將是我最大的喜悅。
原稿刻意省略了標題，我打算取名為〈人間椅子〉。
不揣冒昧，敬請垂教，謹此。

——Profile——

江戶川亂步

Ranpo Edogawa

1894年生於三重縣。筆名源自埃德加·愛倫·坡的日語發音。1916年早稻田大學政治經濟學院畢業。歷經貿易公司、二手書店、蕎麥麵店、偵探等許多工作。1923年以主打「色情、獵奇、荒唐」的〈兩分銅幣〉出道。〈人間椅子〉等暗藏古怪謎團卻又基於科學之創作，以及《怪人二十面相》等兒童讀物亦廣受歡迎。晚年罹患帕金森氏症，但仍以口述筆記進行評論及寫作活動。1965年死於蛛網膜下腔出血，享年70歲。作品繁多，如：〈人間椅子〉、〈陰獸〉、〈D坂殺人事件〉等。

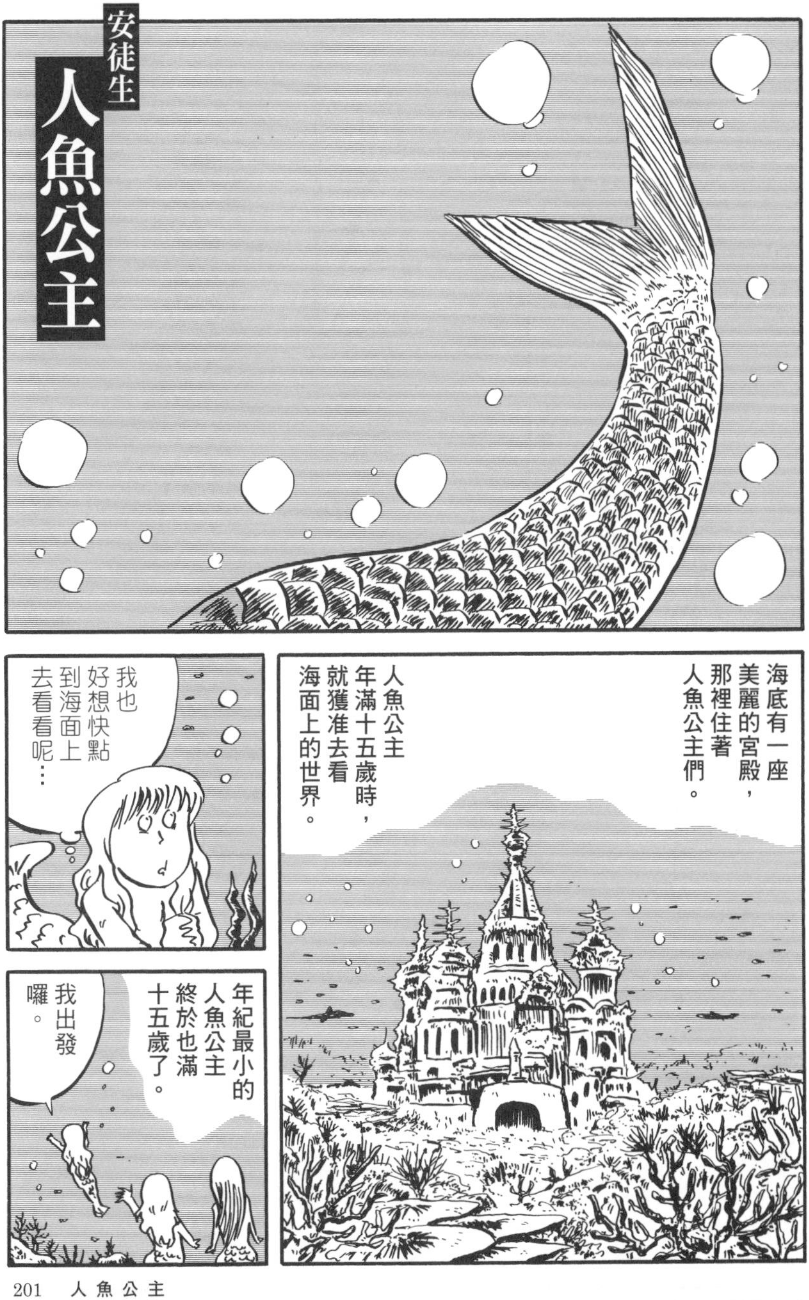
安徒生
人魚公主
海底有一座美麗的宮殿，那裡住著人魚公主們。
人魚公主年滿十五歲時，就獲准去看海面上的世界。
我也好想快點到海面上去看看呢……
年紀最小的人魚公主終於也滿十五歲了。
我出發囉。

是王子的生日派對嗎？
然而那天晚上發生暴風雨，船隻沉沒了。
唰啦—
唉呀，不得了。

人魚公主之後不時從海中凝望王子的身影。
唉，我也好想變成人類啊。
對了，向深海女巫請教方法吧。
妳來得正好，我就為妳調配一種讓尾鰭變成人類雙腿的藥物吧。
但每走一步妳都將痛如刀割，可以嗎？
嗯。
妳一旦變成人類，就再也不能變回人魚喔。
而且要是得不到王子的愛，妳將化為海浪泡沫。
我無所謂。
那麼，就用妳那美麗的聲音當酬勞吧。

這……把聲音給了妳，我還剩什麼呢。
妳靠外表混過去就行啦。
如此這般，人魚公主用舌頭換取了能夠變成人類的藥物。
扭
扭
嗚嗚嗚
砰～
嗚嗚嗚
咦？
妳是從哪裡來的呢？
人魚公主被帶到王子的城堡，並獲得美麗的衣服。

妳是從哪裡來的呢？
啊，是姊姊。
人魚公主的姊姊們悲傷地唱著歌。
王子儘管愛上了人魚公主，卻不打算娶她為妃。
我以前遭遇船難被沖上岸時，修道院的女孩救了我一命。
這世上我只喜歡那女孩，而妳竟與那女孩長得一模一樣，簡直就像是上帝將妳送到我身邊來的。
唉，原來你不記得救你一命的是我啊。

可是，王子終於要去跟鄰國的公主見面了。
我並不打算結婚喔。若非得結婚，我會選擇妳的。
鄰國成天都在舉行慶典。
就在此時，公主也從修道院回來了。
哎呀，原來是妳啊。
我能達成這個心願，相信妳也會給予祝福吧。
盛大的婚禮後，新郎與新娘乘船出海。

我的生命也只剩今晚……
姊姊，妳們的頭髮是怎麼了？
我們把頭髮給了女巫，換得這匕首。妳把匕首刺進王子胸口，將那鮮血滴在腿上，就能變回人魚。
是王子死、還是妳死，妳要在日落前決定。
撲通－
啵
啵

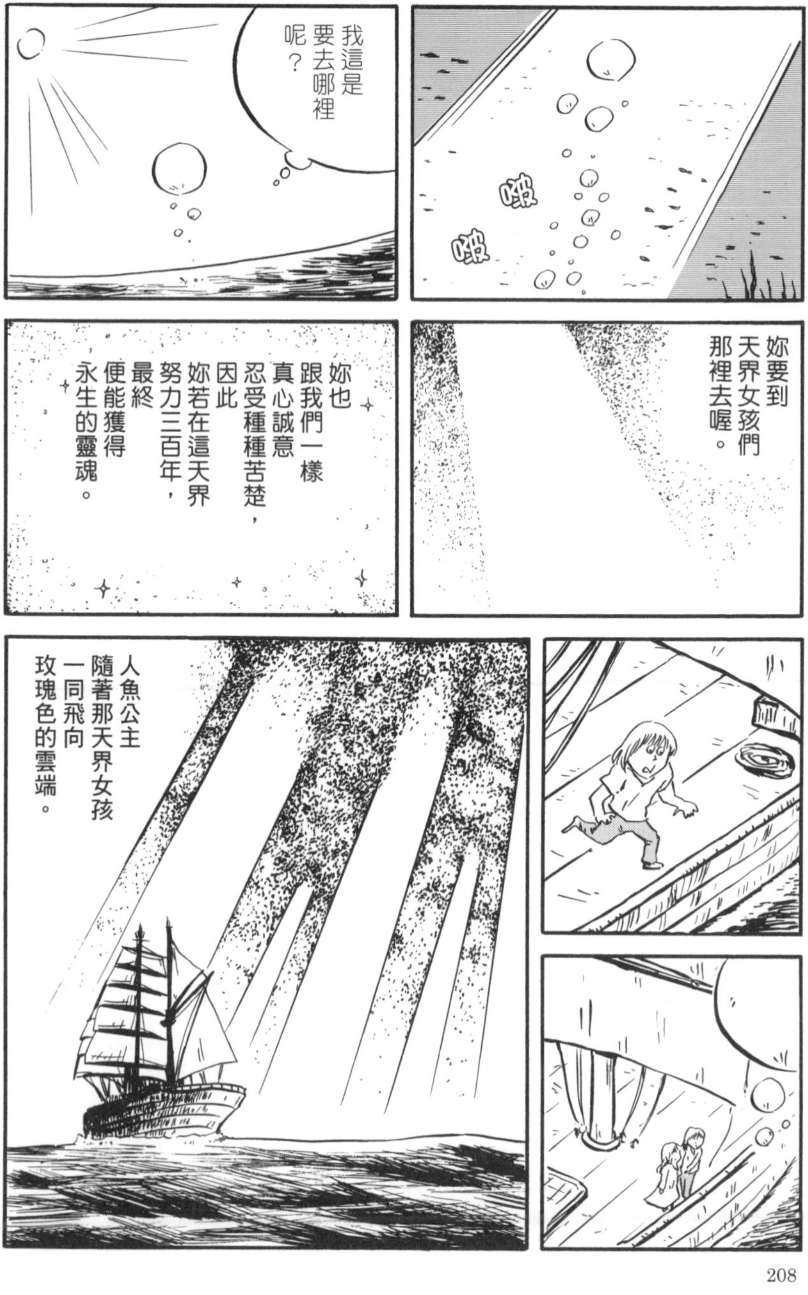
啵
啵
我這是要去哪裡呢？
妳要到天界女孩們那裡去喔。
妳也跟我們一樣真心誠意忍受種種苦楚，因此妳若在這天界努力三百年，最終便能獲得永生的靈魂。
人魚公主隨著那天界女孩一同飛向玫瑰色的雲端。

—— Profile ——

漢斯·克里斯汀·安徒生

Hans Christian Andersen

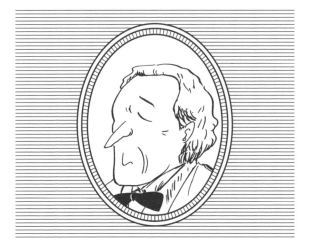

1805年生於丹麥。儘管家境困苦，但在雙親疼愛下成長。1816年父親過世，安徒生被迫輟學。他為了成為聲樂家而前往哥本哈根，但不斷受挫。1833年起在歐洲旅行約1年。1835年基於在義大利首都羅馬的經歷，撰寫首部小說《即興詩人》（後由森鷗外譯為日文）。同年發表童話集。留給後世諸如：〈賣火柴的小女孩〉、〈醜小鴨〉、〈人魚公主〉、〈拇指姑娘〉等大量童話。1875年死於肝癌，享年70歲。

性慾的生活
森鷗外
金井湛君是一名哲學家。
金井君暗自尋思，究竟所謂的性慾在人的一生中是以何種順序顯現出來的呢？又跟人的一生有著何等關係呢？而該探討這些的文獻卻是少之又少。
金井君的長男今年即將高中畢業，假設自己必須教導兒子，他思索該怎麼說明比較好。
想到這裡，金井君開始動筆。

六歲那年
阿姨，那是什麼繪本啊？
阿湛，你覺得這是什麼東西？
？
是腳嗎？
七歲那年
小朋友，你父親和你母親晚上在做什麼，你知道嗎？
你啊，一定睡得不省人事、啥都不知吧。啊哈哈哈。
十歲那年
我們從那裡跳下來玩吧！
喏，妳也來跳看看吧。
兩隻白色的腳連在白色的肚子下什麼也沒有，我失望極了。

十一歲那年
我進入位於本鄉壹岐坂的、一間教德語的私立學校就讀。
學校裡附設宿舍，上完課之後我就到宿舍逛逛。
我在這裡首次得知男同志這檔事。
少年這個詞彙，是用來指零號男同志，對我來說也是全新知識。
一下子就好，你進來這裡跟我一起睡吧。
我不要。
你別這麼說嘛。
我不要，我要回家。

十三歲那年我開始了寄宿生活。
從性慾上觀察的話，當時的學生之間分為軟派和硬派。
軟派就是愛看那些可笑繪本的傢伙；
硬派則不看什麼可笑繪本，有部抄寫本寫了關於平田三五郎這少年的事蹟，他們會相互推薦閱讀。
軟派在人數上占優勢，硬派以九州人為主，再加上一部分山口縣的人。除此之外，從中國全境到東北為止，全都是軟派。
我則是硬派的犧牲者。
因為宿舍是長形建築，兩邊都有出口，敵人從右側來我就往左逃，從左側來我就往右逃。
但我始終放不下心，所以某次從向島家裡偷偷拿了一把短刀，貼身藏在懷中。

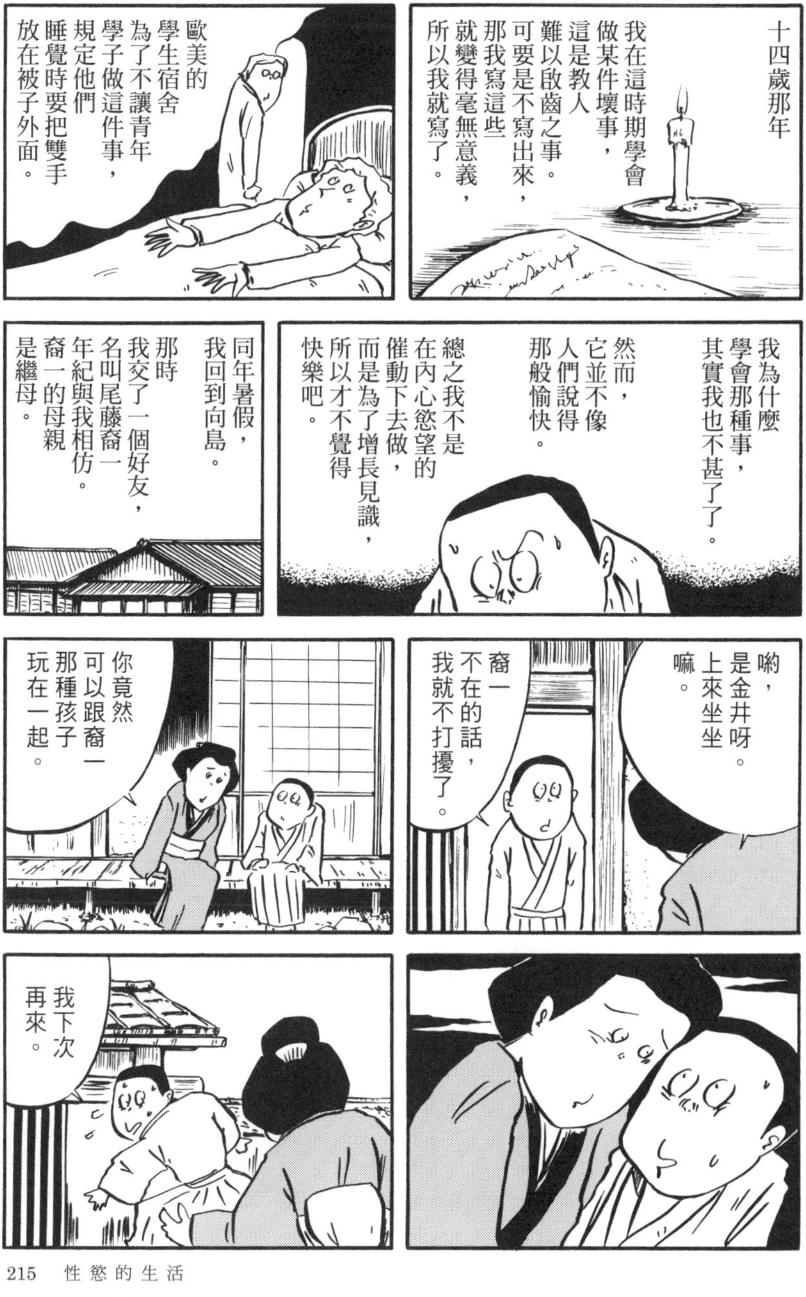
十四歲那年
我在這時期學會做某件壞事，這是教人難以啟齒之事。可要是不寫出來，那我寫這些就變得毫無意義，所以我就寫了。
歐美的學生宿舍為了不讓青年學子做這件事，規定他們睡覺時要把雙手放在被子外面。
我為什麼學會那種事，其實我也不甚了了。
然而，它並不像人們說得那般愉快。
總之我不是在內心慾望的催動下去做，而是為了增長見識，所以才不覺得快樂吧。
同年暑假，我回到向島。
那時我交了一個好友，名叫尾藤裔一年紀與我相仿。裔一的母親是繼母。
喲，是金井呀。上來坐坐嘛。
裔一不在的話，我就不打擾了。
你竟然可以跟裔一那種孩子玩在一起。
我下次再來。

十五歲那年這時期的我有了古賀和兒島兩位死黨。
古賀無論是服裝或任何方面，在誰看來都是硬派中的佼佼者。
我和古賀被分到同間寢室。
你怕我怕得東逃西竄，如今終於掉進我的手掌心啦。哈哈哈哈。
學校這麼分配，我也沒轍。
古賀的朋友兒島十二郎常常來找他玩。
我與古賀逐漸熟絡，透過古賀也與兒島親暱起來，就這樣成立了三角同盟。
古賀、兒島和我三人對整個宿舍都冷眼相看，三人一有空就在一起。
我的性慾生活之所以耽延，完全是拜這三角同盟所賜。

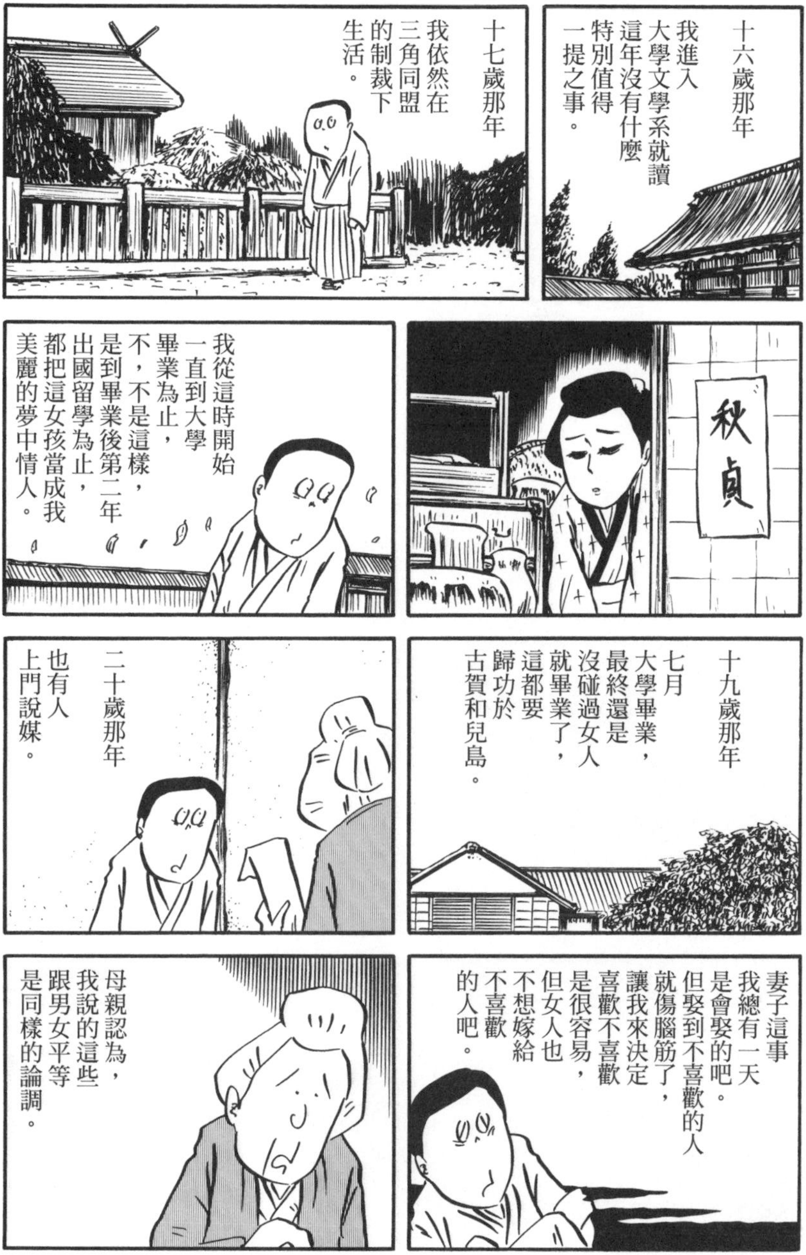
十六歲那年
我進入
大學文學系就讀
這年沒有什麼
特別值得
一提之事。
十七歲那年
我依然在
三角同盟
的制裁下
生活。
秋貞
我從這時開始
一直到大學
畢業為止，
不，不是這樣，
是到畢業後第二年
出國留學為止，
都把這女孩當成我
美麗的夢中情人。
十九歲那年
七月
大學畢業，
最終還是
沒碰過女人
就畢業了，
這都要
歸功於
古賀和兒島。
二十歲那年
也有人
上門說媒。
妻子這事
我總有一天
是會娶的吧。
但娶到不喜歡的人
就傷腦筋了，
讓我來決定
喜歡不喜歡
是很容易，
但女人也
不想嫁給
不喜歡
的人吧。
母親認為，
我說的這些
跟男女平等
是同樣的論調。

同年初冬
某天
我認識了
一個叫
三輪崎霽波的
詩人。
你能不能替
《自由新聞》
的詞藻欄
隨便寫些
內容呢？
我寫了
約等於報紙
兩欄字數的文章
郵寄出去。
過了一週左右，
某天下午
霽波又來了。
他說報社社長
為表謝意，
想請我吃飯。
我們進了
神田明神旁邊
的料理屋。
酒上桌了、
藝妓來了，
然而我
不會喝酒。
霽波
一人喝酒、
一人嬉鬧。
車子
備妥了。
我雖然沒實際經歷過，
但也曉得車夫
要去那種地方時，
才會這般飛快奔馳。
喂，
別逃呀。

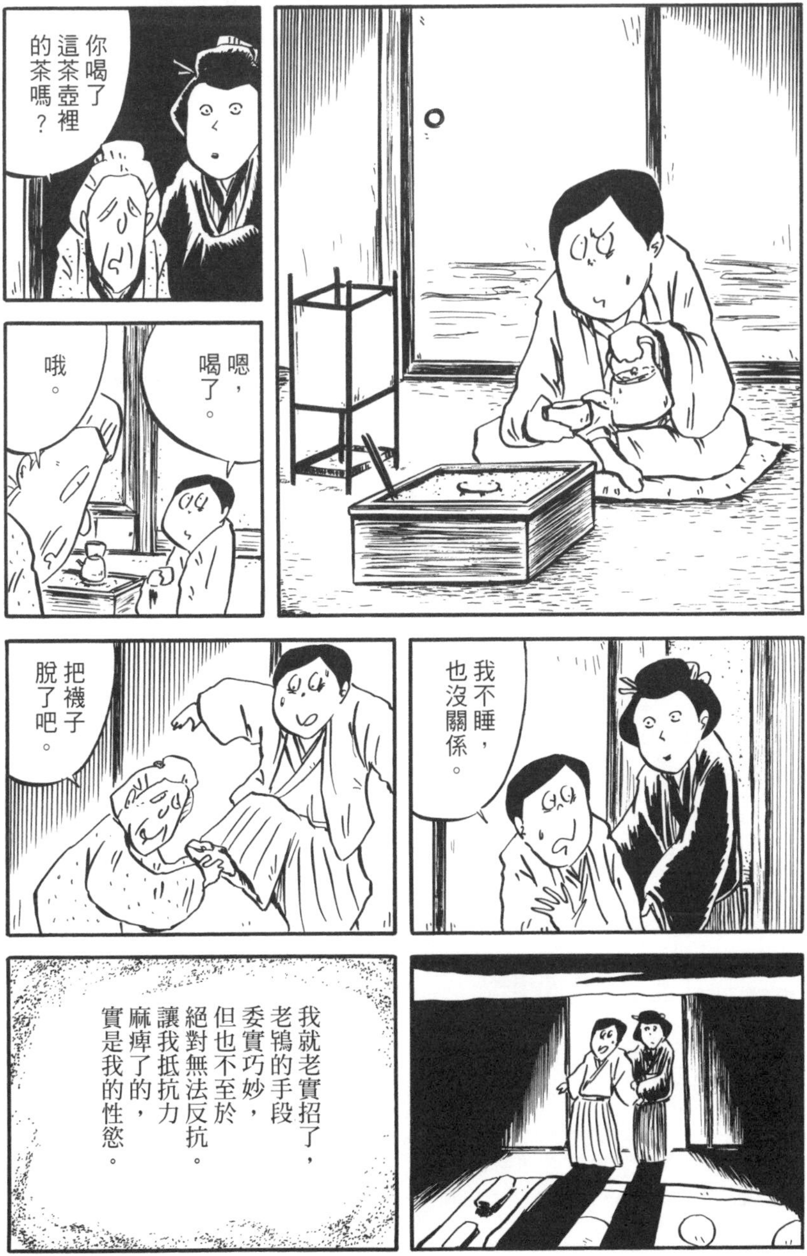
你喝了這茶壺裡的茶嗎？
嗯，喝了。
哦。
我不睡，也沒關係。
把襪子脫了吧。
我就老實招了，老鴇的手段委實巧妙，但也不至於絕對無法反抗。讓我抵抗力麻痺了的，實是我的性慾。

滿二十一歲那年
同年六月七日，我接獲留學派令目的地是德國。
某天夜裡，金井君走筆至此。
一旦擱筆尋思，金井君寫的內容並非一般所謂的自傳。既然如此，他是否想將之寫成小說呢？卻又不然。對金井君而言，他並不想寫沒有藝術價值的內容。
在結婚之前不要接受dub※比較好，又或者，連婚都不要結比較好。
看來自己似乎是異於常人的冷淡男子。
如果兒子讀了這個同父親後，那將會如何、是幸還是不幸，他也不曉得。
VITA SEXUALIS
砰咚

※dub：意指國王將劍尖置於對方肩上，授予騎士稱號。此處用以暗指與女性的性經驗。

—— Profile ——

森鷗外

Ogai Mori

1862年生於島根縣。以史上最年輕的10歲之齡考取東京大學預科。東京大學醫學系畢業後，擔任陸軍軍醫。1888年自德國留學返日後，爆發與其發生關係的德國女性來日後隨即返德的「事件」，據說她後來成為〈舞姬〉的女主角原型。他也翻譯過《即興詩人》、《浮士德》等作品。醫師工作順遂，最高任職陸軍省醫務局長（軍醫最高長官）。1922年因腎萎縮及肺結核而死，享年60歲。代表作有〈山椒大夫〉、《雁》、〈阿部一族〉。

宮澤賢治
銀河鐵道之夜
那麼各位，這朦朧的白色地帶，你們知道究竟是什麼嗎？
如果用望遠鏡觀察這朦朧的白色銀河，我們將看見許許多多的小星星。
今天正是銀河祭，大家到戶外好好觀察吧。
嘰嘰
喳喳

媽媽，我回來了。妳身體還好嗎？
媽媽的牛奶沒送來嗎？
好像沒送來啊。
我想爸爸一定很快就會回來的。
爸爸說過下次要帶件海獺皮外套給你的嘛。
每個人一見到我，就會取笑似的提起這件事。
可是卡帕內拉就絕對不會說那些話。
對了，今晚是銀河祭嘛。
嗯，我去拿牛奶，順道過去看看。
札內利，你們要去河邊嗎？

喬凡尼，海獺皮外套要來囉。
喬凡尼，海獺皮外套要來囉。
哇哈哈
哇哈哈
卡帕內拉……
叩隆
叩隆
銀河站
銀河站

喀咚喀咚
喀咚喀咚
札內利已經回去了，他爸爸來接他了。
媽媽會原諒我嗎？
啪
哈利路亞
哈利路亞

哈利路亞
哈利路亞
喀咚喀咚！
天鵝停車場
停車二十分鐘
我們也下去看看吧。
下去吧。
上新世海岸
咦，這東西好奇怪。
那是胡桃呀。
那個啊，大約是一百二十萬年以前的胡桃喲。

時間到了，我們走吧。
叩隆叩隆
我可以坐在這裡嗎？
我是靠捕鳥為生的。
怎麼樣？嚐一口看看吧。
什麼嘛，這分明是糖果呀。
咔哩咔哩
請出示車票。
？

好了，本列車將在下一個第三時辰左右，抵達南十字。
哎呀，這裡是哪裡呢？噯，真漂亮。
我們還是早一點去見媽媽吧。
嗯，但我要是不坐船就好了。
你們是從哪裡來的呢？
呃，我們撞上冰山、船沉沒了。
啊，有孔雀耶。
嗯啊，有好多隻哩。
候鳥快趁現在飛過去，候鳥快趁現在飛過去。

是新世界交響曲耶。
那是什麼火呢？
蠍子的火吧。
如果是蠍子的火，我知道那個故事呢。
蠍子是被燒死的喔。
為了讓大家幸福，化為美麗的紅色火焰、照亮黑夜。
南十字星就快到了，準備下車吧。
哈利路亞
哈利路亞
那麼，再見了。

卡帕內拉，又只剩下我們兩人了。
可是，真正的幸福究竟是什麼呢？
我不知道。
那裡是煤袋，是天空的洞喔。
啊，站在那裡的是我媽媽耶。
卡帕內拉，我們一起過去吧。
喀咚
喀咚
卡帕內拉！

嘀嘀咕咕
喬凡尼，卡帕內拉他掉進河裡了。
札內利一落水，卡帕內拉就立刻跳進去了。
沒救了，因為他落水超過四十五分鐘了。
你是喬凡尼吧？今晚真是謝謝你們了。
你父親應該今天就要到的，是船耽擱了嗎？
明天放學後，你和大家一起來我家玩吧。

—— Profile ——

宮澤賢治

Kenji Miyazawa

1896年生於岩手縣。留下許多以故鄉岩手為舞台的作品，作品中的烏托邦「伊哈託佈」（Ihatov）被認為就是岩手。1924年出版詩集《春與修羅》（實為自費出版）與童話集《要求特別多的餐廳》，該時期開始與草野心平結交。1933年死於急性肺炎，享年37歲。生前沒沒無聞，1960年代因草野心平等人的大力推荐，成為日本國民作家。代表作有《春與修羅》、《要求特別多的餐廳》、〈銀河鐵道之夜〉、〈無懼風雨〉。

完

〔首次刊載〕Torch web 2015年8月～2016年5月

後記

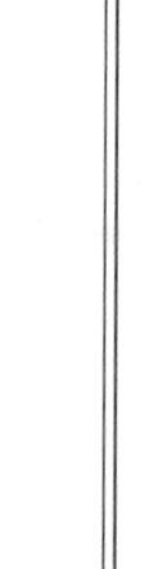

本書是《文學超圖解：10頁漫畫讀完知名文學作品》的續集，不過即使從這本看起，也完全沒問題。

剛開始在「Torch web」網站連載本作時，就連能不能出單行本都還是未知數。多虧各位支持，才能這樣出到第二集。這是有那麼多讀者看見、閱讀的證據，我感到很開心。

第二集略微拓展視野，也加入了一些古典文學。在構成上，有的作品只能截取一小部分內容，但讀者若能從中感受到些許作品的魅力，成為促使您翻閱原作的機緣，我將不勝榮幸。

最後，我要感謝參與本書製作的許多人、支持我的讀者朋友，以及培育出如今的我的所有人。

平成二十八年七月　多力亞斯工場

多力亞斯工場

《文學超圖解：10頁漫畫讀完知名文學作品》

收錄作品

◆太宰治《人間失格》
◆中島敦《山月記》
◆梶井基次郎《檸檬》
◆森鷗外《舞姬》
◆坂口安吾《盛開的櫻花林下》
◆法蘭茲．卡夫卡《變形記》
◆宮澤賢治《要求特別多的餐廳》
◆永井荷風《墨東綺譚》
◆泉鏡花《高野聖僧》

同步發售中！

◆夏目漱石《三四郎》
◆安徒生《冰雪女王》
◆芥川龍之介《羅生門》
◆田山花袋《棉被》
◆幸田露伴《五重塔》
◆新美南吉《權狐》
◆樋口一葉《青梅竹馬》
◆魯迅《阿Q正傳》
◆伊藤左千夫《野菊之墓》
◆列夫·托爾斯泰《傻子伊凡》
◆愛倫·坡《莫爾格街兇殺案》
◆菊池寬《山國峽恩仇記》
◆二葉亭四迷《浮雲》
◆格林兄弟《長髮公主》
◆夢野久作《腦髓地獄》
◆堀辰雄《風起》

葛雷戈·桑姆薩醒來時，發現自己變成了一隻大怪蟲。（卡夫卡《變形記》）
今天早上起我就陷入了雙重幻覺！（夢野久作《腦髓地獄》）
我向來過著丟人現眼的人生。（太宰治《人間失格》）

※有關本書中的言論內容，不代表本公司/出版集團之立場與意見，文責由作者自行承擔

文學超圖解2：10頁漫畫讀完經典文學作品
定番すぎる文学作品をだいたい10ページくらいの漫画で読む。

作者　多力亞斯工場
譯者　常純敏
總編輯　郭昕詠
責任編輯　陳柔君
編輯　徐昉驊
通路行銷　張元慧
排版　關雅云
封面設計　汪熙陵
社長　郭重興
發行人兼出版總監　曾大福
出版者　遠足文化事業股份有限公司
地址　231新北市新店區民權路一〇八－二號九樓
電話　(02)22181417
傳真　(02)22188057
電郵　service@bookrep.com.tw
法律顧問　華洋法律事務所　蘇文生律師
印製　呈靖彩藝有限公司
初版一刷　二〇一七年十二月
Printed in Taiwan